18/01

HEYNE <

Thomas R. Schmidt

Die optimale Bewerbung um einen Ausbildungsplatz

Von der richtigen Vorbereitung zum erfolgreichen Vorstellungsgespräch

WILHELM HEYNE VERLAG · MÜNCHEN

HEYNE RATGEBER
08/5423

Umwelthinweis:
Dieses Buch wurde auf
chlor- und säurefreiem Papier gedruckt.

Originalausgabe 10/2003

Der Wilhelm Heyne Verlag ist ein
Unternehmen der Ullstein Heyne List GmbH & Co. KG
http://www.heyne.de
Printed in Germany 2003
Konzeption und Realisation: abc-Buchagentur Miriam Schmidt, Augsburg
Redaktion: Johann Lankes
Umschlaggestaltung: Eisele Grafik-Design, München
Satz: Schaber Satz- und Datentechnik, Wels
Druck und Bindung: Ebner & Spiegel, Ulm

ISBN 3-453-86938-9

Inhalt

Vorwort

Zwei große Themenkomplexe stehen bei der Frage nach der beruflichen Zukunft im Vordergrund.
Zum einen ist es die Frage nach dem Traumberuf, also »Was soll ich werden?«. Darauf kann niemand außer Ihnen selbst eine Antwort geben. Leider gibt es auch kein allgemeingültiges Patentrezept, wie diese Frage am besten zu beantworten ist. Eines ist jedoch sicher: Nur wer sich möglichst viele Informationen beschafft, kann sich ein Urteil bilden und eine Entscheidung treffen.
Das zweite Thema ist der ersehnte Ausbildungsplatz selbst oder »Wie komme ich zu einer Ausbildung in meinem Traumberuf?«. In einer Zeit, in der alle Medien von Arbeitslosigkeit, fehlendem Wirtschaftswachstum und Abwanderung von Unternehmen in das Ausland sprechen oder zumindest darüber spekulieren, könnte man auf die Idee kommen, dass es wichtiger ist, überhaupt einen Ausbildungsplatz zu finden, als zu versuchen, seinen Traumberuf zu verwirklichen. Natürlich ist die Lage auf dem Arbeitsmarkt nicht rosig, deshalb ist das Angebot an Ausbildungsplätzen auch begrenzt. Trotzdem sollte niemand einen Beruf erlernen, der einem überhaupt nicht liegt. Alleine die Ausbildungszeit kann dadurch endlos lange erscheinen. Zudem wirkt sich mangelnde Motivation immer auch auf die Leistung aus. Gerade bei der Suche nach der ersten Stelle nach der Ausbildung machen sich dann schlechte Abschlüsse gravierend bemerkbar.
Da es heute für viele Berufe mehr als nur einen einzigen Aus-

bildungsweg gibt, lohnt es sich, alle Alternativen zu kennen und sich für die erfolgversprechendste zu entscheiden. Wer sein Berufsziel beispielsweise in der Gastronomie sieht, kann als Bedienung direkt in den Job einsteigen. Eine klassische Lehre als Koch wäre eine andere Möglichkeit. Oder die Ausbildung in einem relativ neuen Beruf als Fachmann Systemgastronomie. Wenn es wirklich keine Möglichkeit gibt, den Traumberuf zu erlernen, bietet sich vielleicht eine Alternative an, die zumindest notwendige Kenntnisse und Erfahrungen vermittelt, um zu einem späteren Zeitpunkt in den Traumberuf zu wechseln. Eine kaufmännische Ausbildung, gleich welcher Fachrichtung, ist fast immer eine gute Basis, um später über Weiterbildungsmaßnahmen zum Ziel zu kommen.
Wichtig ist vor allem der Zeitpunkt der Berufsentscheidung: je früher, desto besser! So bleibt genügend Zeit, um durch Ferienjobs, Praktika oder eine Schnupperlehre die eigene Entscheidung zu prüfen und gegebenenfalls zu korrigieren.

Dieser Ratgeber hilft Ihnen bei den ersten Überlegungen zu Ihrem Traumberuf und führt Sie Schritt für Schritt von der Suche nach einem Ausbildungsplatz über die verschiedenen Bewerbungsmöglichkeiten bis zur optimalen Bewerbung und dem ersten Vorstellungsgespräch. Ziel ist es, Ihre Bewerbung so zu gestalten, dass Sie sich aus der Menge der Kandidaten um eine Ausbildungsstelle herausheben und die bestmögliche Chance zur Verwirklichung Ihres Traumberufs haben.
Der besseren Lesbarkeit wegen habe ich im Text die männliche Bezeichnung gewählt, der Inhalt ist jedoch für Frauen genauso zutreffend. Dort, wo es spezielle Punkte gibt, die nur auf Frauen zutreffen, ist dies ausdrücklich vermerkt.

Ich wünsche Ihnen viel Erfolg bei Ihren Bewerbungen und Vorstellungsgesprächen und drücke Ihnen die Daumen, dass Sie Ihren individuellen Traumjob finden werden.

Augsburg, im April 2003

1. Kapitel

Was ist eigentlich mein Traumberuf?

Wenn man sich in den verschiedenen Medien derzeit über das Thema Berufsausbildung informiert, herrscht die Aussage vor, dass es generell an Ausbildungsplätzen mangelt bzw. in einigen Bereichen ein Überschuss an Bewerbern vorliegt, obwohl es in anderen Zweigen noch freie Lehrstellen gibt. Was wäre also nahe liegender, als einen Beruf zu wählen, in dem Ausbildungsplätze vorhanden sind?
Auch wenn ein einmal erlernter Beruf heute keineswegs mehr eine Festlegung auf Lebenszeit bedeutet, so nimmt die Ausbildung darin doch einige Jahre in Anspruch. Diese Zeit wird Ihnen umso länger erscheinen, je weniger Ihnen der zu erlernende Beruf liegt. Bevor Sie deshalb die Ausbildung in Ihrem Traumberuf zu den Akten legen, weil es zu wenig Lehrstellen gibt oder Sie bereits etliche Absagen erhalten haben, überprüfen Sie, ob Sie wirklich alle Möglichkeiten ausgeschöpft haben.

> *Halten Sie so lange an Ihrem Traumberuf fest, bis feststeht, dass es tatsächlich keine Möglichkeit gibt, diesen Berufswunsch in die Wirklichkeit umzusetzen.*

Laut einer Umfrage durch das Institut der deutschen Wirtschaft im Jahr 2000 über die Berufswünsche Jugendlicher ergaben sich folgende Ranglisten:

Hitliste der Berufswünsche

Mädchen:		*Jungen:*	
Designerin	35 %	Software-Entwickler	33 %
Ärztin	27 %	Informatiker	30 %
Journalistin	25 %	EDV-Fachmann	24 %
Flugbegleiterin	22 %	Kfz-Mechaniker	23 %
Architektin	15 %		
Sozialarbeiterin	15 %		
Bürokauffrau	14 %		
Bankkauffrau	13 %		

Die Realität sieht jedoch deutlich anders aus. Einer Auswertung des nordrhein-westfälischen Ministeriums für Wirtschaft und Arbeit zufolge wählt die Mehrzahl aus den rund 350 staatlich anerkannten Ausbildungsberufen lediglich 25 aus.

Die 25 am stärksten besetzten Ausbildungsberufe in Nordrhein-Westfalen 1997–2001 (jeweils zum 31. Dezember) nach Anzahl der Auszubildenden und neu abgeschlossener Ausbildungsverträge

Industriekaufmann/-frau
Automobilmechaniker/-in, Kraftfahrzeugmechaniker/-in
Bürokaufmann/-frau
Kaufmann/-frau im Einzelhandel
Arzthelfer/-in
Kaufmann/-frau im Groß- und Außenhandel
Bankkaufmann/-frau
Friseur/-in
Elektroinstallateur/-in
Zahnmed. Fachangestellter/-angestellte
Maler/-in und Lackierer/-in
Tischler/-in

Gas- und Wasserinstallateur/-in
Kaufmann/-frau für Bürokommunikation
Fachinformatiker/-in
Industriemechaniker/-in – Betriebstechnik
Verkäufer/-in
Metallbauer/-in
Steuerfachangestellter/-angestellte
Energieelektroniker/-in – Betriebstechnik
Koch/Köchin
Hotelfachmann/-frau
Industriemechaniker/-in – Maschinen- und Systemtechnik
Versicherungskaufmann/-frau
Fachverkäufer/-in im Nahrungsmittelhandwerk

Wie finde ich heraus, was mein Traumberuf ist?

Leider oder vielleicht auch zum Glück gibt es dafür kein Patentrezept. Viele Jungs wissen bereits im Kindergarten, dass sie eines Tages Lokomotivführer werden wollen – doch nur wenige setzen diesen Traum später dann um. Sei es, weil der Beruf bei näherem Hinsehen doch nicht so traumhaft ist, wie man geglaubt hat, weil sich ein anderer Berufswunsch entwickelt hat oder aus tausend anderen Gründen.
Der Traumberuf ist ja nichts, was geplant wird, sondern entsteht zunächst in unserer Vorstellung. Wer also bereits einen konkreten Wunschberuf hat, der hat den ersten Schritt getan. Trotzdem sind die nachfolgenden Überlegungen sinn-

➲ *Wie fast in allen Bereichen, in denen es um Entscheidungen geht, gilt auch für die Suche nach dem Traumberuf: Sammeln Sie so viele Informationen, wie Sie können.*

voll, um zu prüfen, ob es sich dabei wirklich um den Traumberuf handelt. Für alle anderen gilt es zunächst einmal, den Traumberuf zu finden.
Bei der Beschaffung von Informationen über die verschiedenen Berufe stehen Ihnen fast unbegrenzt viele Quellen zur Verfügung. Die größte Fundgrube dafür ist ganz sicher das Internet.
Die erste Frage, die Sie sich auf der Suche nach dem Traumberuf selbst beantworten müssen, ist: »Was will ich?«
Es gibt verschiedene Ansätze, um diese Frage zu beantworten. Bewährt hat sich eine erste Unterteilung in die Bereiche:

- Arbeiten mit Menschen
- Arbeiten mit Zahlen
- Arbeiten mit Technik

Es geht hierbei nicht so sehr darum, was Sie am besten können, sondern darum, was Sie am liebsten tun würden. Gönnen Sie sich die Zeit, zunächst einmal zu »spinnen« und Ihre Fähigkeiten außer Acht zu lassen. Selbstverständlich findet sich diese strikte Trennung in die drei Bereiche in der modernen Arbeitswelt kaum noch wieder, sie liefert aber immer noch einen guten Einstieg. Natürlich lassen sich die Bereiche auch erweitern, beispielsweise um die Arbeit mit Tieren oder was immer Ihnen einfällt.
Die nächste Aufteilung können Sie anhand folgender Bereiche vornehmen:

- Soziale Berufe
- Kreative Berufe
- Handwerkliche Berufe
- Verwaltende Berufe
- Heil- und Pflegeberufe
- Berufe im Verkauf und Vertrieb

Auch diese Auflistung kann nur eine Anregung geben, sie ist fast beliebig um weitere Felder ergänzbar.

Je weiter Sie Ihren Traumberuf eingrenzen können, desto klarer wird nachher auch die Entscheidung möglich sein, ob Sie die nötigen Voraussetzungen haben bzw. im Nachhinein erwerben können oder ob Sie auf einen verwandten Beruf ausweichen müssen.
Da heute laufend neue Berufe entstehen und die bekannten Berufsbilder einem ständigen Wandel unterworfen sind, ist Ihnen unter Umständen auch der Name Ihres Traumberufs gar nicht bekannt. Eine sehr gute Hilfe, die einen Überblick über die verschiedenen Berufsbezeichnungen gibt, bekommen Sie im Ausbildungs-Stellen-Informations-Service (ASIS) der Arbeitsämter. Da diese auch im Internet abrufbar sind, finden Sie weitere Tipps hierzu im Anhang des Buches bei den Adressen.

Welche Chancen gibt es in diesem Beruf?

Diese Frage ist eine der schwierigsten, die es im Zusammenhang mit der Berufswahl gibt. Selbst wenn Sie bereits einen Beruf haben, ist es nicht einfach, die Zukunftschancen abzusehen. Umso komplizierter wird es, wenn Sie noch Ihre Ausbildungszeit hinzurechnen müssen, um abschätzen zu können, wie die Chancen auf eine Anstellung mit Beendigung der Ausbildung sein werden. Abgesehen von einigen Berufen, bei denen das Aussterben allgemein bekannt ist, zum Beispiel dem Bergbau, sind alle Prognosen immer mit einer gehörigen Portion Misstrauen zu betrachten.
Nach folgenden Kriterien lässt sich zumindest eine bessere Einschätzung treffen:

- Berufe, in denen bereits heute ein Überangebot an Bewerbern vorliegt, bieten schlechtere Chancen auf eine Anstellung.
- Berufe, für deren Ausübung es verschiedene Ausbildungswege gibt, sind riskant für Sie, wenn Sie nur eine der »einfacheren« Ausbildungen dafür absolvieren können.

- Berufe, in denen heute Arbeitskräftemangel herrscht, versprechen gute Aussichten. Zumindest dann, wenn die Ausbildung nicht allzu lange dauert, ansonsten sind die heute freien Stellen dann vielleicht bereits besetzt.

Sammeln Sie Informationen von möglichst vielen verschiedenen Stellen, um sich ein realistisches Bild machen zu können. Hierzu eignen sich neben den Arbeitsämtern und ihrer Berufsberatung vor allem auch die Handwerks- und Handelskammern, Wirtschaftsverbände, Gewerkschaften, Fachzeitschriften und die Stellenangebote in Zeitungen bzw. im Internet.

➡ *Bedenken Sie bei der Abschätzung von Zukunftschancen immer die Zeitspanne, die vergeht, bis Sie Ihre Ausbildung beendet haben.*

Wer hilft mir, mehr über den gewünschten Beruf zu erfahren?

Auch zur Beantwortung dieser Frage stehen Ihnen eine Vielzahl von Informationsmöglichkeiten offen:

- Viele Firmen bieten Praktika oder Schnuppertage an, in deren Verlauf Sie einen Einblick in den Beruf bekommen können.
- Auch die Arbeitsämter und dort speziell die Berufsberatung versorgen Sie mit Angaben und teilweise auch mit Material über die verschiedenen Berufe. Hier haben Sie zudem die Chance, mehr über die Zukunftsaussichten zu erfahren, denn die Arbeitsämter haben einen guten Überblick über offenen Stellen im Verhältnis zu vorhandenen Bewerbern.

- Die Industrie- und Handelskammern bzw. die Handwerkskammern stehen Ihnen ebenfalls zur Verfügung. Da diese für die Umsetzung der Ausbildungsordnungen zuständig sind, gibt es gleich auch noch Wissenswertes über die erforderlichen Voraussetzungen.
- Als allgemeine Quelle bietet sich das Internet an. Allerdings gibt es dort keine Garantie für die Richtigkeit der Informationen. Aber gerade staatliche Stellen, Berufsverbände oder Ausbildungseinrichtungen sind recht verlässlich.
- Im handwerklichen Bereich sind viele Firmen bereit, sich mit potenziellen Auszubildenden zu unterhalten und diese über den entsprechenden Beruf zu informieren. Hier besteht auch gleich die Möglichkeit, einen Einblick in die Praxis des Traumberufs zu erhalten.

Natürlich kann Ihnen jeder Mensch aus Ihrem Umfeld etwas über seinen Beruf erzählen. Denken Sie dabei aber immer daran, dass die Berufe und die Ausbildungen hierzu einem ständigen Wandel unterworfen sind!

> *Auch hier gilt: Je mehr Informationen Sie sammeln, desto sicherer können Sie Ihre Entscheidung für den Traumberuf treffen.*

Was fehlt mir, um diesen Beruf zu erlernen?

Wenn Sie eingegrenzt haben, was Sie in Ihrem zukünftigen Berufsleben wollen, stellt sich eine zweite Frage: »Was kann ich?«
Schreiben Sie einfach einmal auf, was Sie besonders gut können, wo Ihre Fähigkeiten eher durchschnittlich sind und wo

Sie ehrlicherweise Ihre Schwachstellen haben. Eine solche Liste hilft bei der Entscheidung für oder gegen einen bestimmten Beruf oder einen Ausbildungsweg wirklich weiter. Um nun Ihre Liste mit den Erfordernissen eines Berufs abzugleichen, müssen Sie natürlich auch dessen Anforderungsprofil kennen. Bei Ihren vorangegangenen Gesprächen auf der Suche nach dem Traumberuf sind Ihnen viele Kriterien sicher bereits begegnet. Am übersichtlichsten finden Sie das Anforderungsprofil für eine Ausbildung in der so genannten Ausbildungsordnung, die Sie von den Kammern, dem Arbeitsamt, einem Ausbildungsbetrieb oder vielleicht auch über Ihre Schule bekommen können.

Vergleichen Sie nun Ihre selbst erstellte Liste mit diesem Profil und Sie erhalten eine Antwort auf die Frage, wie gut Ihre Fähigkeiten zumindest zum Ausbildungsweg und dessen Anforderungen passen. So mancher Traumberuf hat sich dann für Sie vielleicht von selbst erledigt, weil zum Beispiel die für den Job notwendigen mathematischen Fähigkeiten eine größere Rolle spielen, als Sie ursprünglich gedacht haben.

Nun kann es aber durchaus passieren, dass nicht nur einzelne Fähigkeiten nicht zusammenpassen, sondern Ihnen auch Voraussetzungen fehlen, die Ihnen den Zugang zu diesem Ausbildungsweg erlauben würden.

Viele Ausbildungsberufe setzen heute einen bestimmten Schulabschluss voraus, ohne den Sie keine Zulassung erhalten können. In manchen Berufen ist zwar »nur« die Mittlere Reife erforderlich, aufgrund der Vielzahl von Abiturienten, die eine Ausbildung machen wollen, wird allerdings inoffiziell von den Firmen das bestandene Abitur als Voraussetzung betrachtet.

Überprüfen Sie deshalb alle Zugangsvoraussetzungen zur Ausbildung und vergleichen Sie diese mit dem, was Sie haben. Gibt es dort Abweichungen, so müssen Sie prüfen, ob Sie die geforderten Voraussetzungen überhaupt erreichen können und auch wollen. Manch ein Wunsch nach einer Berufsausbildung kann erst nach dem Erwerb einer zusätzlichen schulischen Ausbildung in Erfüllung gehen. Vielfach gibt es aber mehrere Möglichkeiten, den Traumberuf zu erlernen. Vielleicht ist also gar keine weitere Schulphase erforderlich. Es macht sich hier wieder bezahlt, wenn Sie im Vorfeld viele Informationen gesammelt haben und somit auch mögliche Alternativen oder vielleicht artverwandte Berufe mit besser passenden Voraussetzungen kennen gelernt haben. Je früher Sie sich mit Ihrem Traumberuf ernsthaft beschäftigt haben, desto besser können Sie auch die Weichen für die Erlangung der Zugangsvoraussetzungen stellen.

Checkliste zur Berufswahl

Überblick über die Ausbildungsberufe gesammelt?	
Was will ich?	
Arbeit mit Menschen/Zahlen/Technik?	
Soziale und kreative Berufe?	
Heil- und Pflegeberufe?	
Handwerkliche Berufe?	
Verwaltende Berufe?	
Berufe in Verkauf und Vertrieb?	
Schulische Ausbildung?	
Ausbildungsplatzangebote überprüft?	
Stellenangebote überprüft?	
Termin bei der Berufsberatung vereinbart?	
Informationen gesammelt?	
Zugangsvoraussetzungen überprüft?	

2. Kapitel

Wer bildet in meinem Traumberuf aus?

Nachdem Sie jetzt Ihren Traumberuf gefunden und gleichzeitig erfahren haben, ob Sie die entsprechenden Voraussetzungen dafür mitbringen, müssen Sie nun herausfinden, wer eine Ausbildung in diesem Beruf anbietet. Damit verbunden ist schließlich auch die Frage des Ausbildungsorts und der -kosten.
Gerade dann, wenn für Ihren Traumberuf mehrere Schritte notwendig sind, also zum Beispiel zuerst eine Lehre, dann berufsspezifische Weiterbildung und zum Abschluss ein Meistertitel, ist eine sorgfältige Planung der einzelnen Etappen entscheidend.

Welche Ausbildungsmöglichkeiten gibt es?

Die klassische Lehre

Heute spricht man hierbei vom dualen System der Berufsbildung. Dual deshalb, weil die Ausbildung an zwei Orten, nämlich im Ausbildungsbetrieb und an der Berufsschule stattfindet. Die betriebliche Ausbildung stellt eher den praktischen Anteil in den Vordergrund, die Berufsschule vermittelt die erforderlichen theoretischen Kenntnisse.
Die rund 350 staatlich anerkannten Ausbildungsberufe, zum Beispiel Friseur, Speditionskauffrau, Zahntechniker, werden in dieser Form gelehrt.

Ausbildung an Schulen

Etliche Berufe, vor allem im sozialen, medizinischen und hauswirtschaftlichen Bereich, und viele der Berufe, die den Begriff »Assistent« im Namen tragen, sind keine Lehrberufe. Die Ausbildung erfolgt an einer Berufsfachschule. Beispiel hierfür sind die Ausbildungen zur chemisch-technischen Assistentin, zum Krankenpfleger oder zum Erzieher. Im Normalfall wird bei diesen Ausbildungen keine Vergütung bezahlt, meist wird sogar ein Schulgeld erhoben.

Ausbildung an Berufsakademien

Für Abiturienten und Fachoberschüler gibt es neben der Lehre noch eine weitere Möglichkeit der betrieblichen Ausbildung. Hierbei findet der praktische Teil im Ausbildungsbetrieb statt, an die Stelle der Berufsschule tritt die Berufsakademie. Sie erwerben dabei eine doppelte Qualifikation: Zusätzlich zum betrieblichen Abschluss, zum Beispiel dem Kaufmannsgehilfen, bekommen Sie auch noch einen Studienabschluss, zum Beispiel Diplom-Betriebswirt (BA). Neben der Ausbildungsvergütung, die Sie erhalten, wird Ihnen sogar das Studium bezahlt.

Wie finde ich den richtigen Ausbildungsbetrieb?

Ob Sie den optimalen Betrieb für sich selbst gefunden haben, wissen Sie meist erst einige Zeit, nachdem Sie die Ausbildung begonnen haben. Im Gespräch mit Auszubildenden von anderen Unternehmen und bei der Feststellung, wie wohl Sie sich in »Ihrem« Betrieb fühlen, können Sie sich ein Urteil bilden. Es gibt jedoch durchaus einige Punkte, die Sie bei der Auswahl des Lehrbetriebs bereits im Vorfeld überprüfen und beachten sollten.

- Zunächst einmal geht es um den Ausbildungsort. Wollen Sie möglichst an Ihrem jetzigen Wohnort bleiben oder wollen bzw. müssen Sie sich auf einen Ortswechsel einstellen? Die Möglichkeit, zu Hause wohnen zu bleiben, hat einiges für sich. Sie sparen Geld und auch Zeit, die Ihnen ansonsten für die Ausbildung fehlen würden.
  Aber selbst bei einer Ausbildung an Ihrem Heimatort wird der Betrieb meist nicht gleich nebenan liegen. Überprüfen Sie, wie lange die Fahrzeit zum Unternehmen dauert, wie die Anbindung an öffentliche Verkehrsmittel ist und vor allem, zu welchen Zeiten diese verkehren.
- Um sich einen ersten Eindruck von der Qualität der Ausbildung und der Zufriedenheit der Auszubildenden zu machen, sammeln Sie Informationen. Gespräche mit der IHK oder Handwerkskammer können erste Hinweise liefern. Meist wird man Ihnen dort nicht gerade Negatives erzählen. Wenn Sie aber nach mehreren verschiedenen Unternehmen fragen, hilft dies meist weiter. Auch bei der zuständigen Berufsschule lohnt sich eine Nachfrage. Besonders interessant ist das Gespräch mit Auszubildenden, die bereits bei diesem Unternehmen lernen. Natürlich sind deren Einschätzungen subjektiv, aber wenn alle über den unfreundlichen Ton klagen, ist meist auch ein Körnchen Wahrheit dabei. Hören Sie sich im Freundeskreis um, oft kennt jemand wiederum jemand anderen, der wieder einen kennt, der bei diesem Unternehmen lernt.
- Achten Sie auf die Stellenanzeigen in der Tageszeitung. Wird häufig Personal gesucht, weil die Firma expandiert, kann dies auch für Sie gute Chancen auf eine spätere Übernahme bedeuten. Tauchen allerdings dieselben Stellen immer wieder auf, scheint ein häufiger Wechsel stattzufinden. Dies ist für gewöhnlich kein gutes Zeichen für das Betriebsklima!
- Gehen oder fahren Sie zu den möglichen Ausbildungsbetrieben hin. So stellen Sie nicht nur fest, wie einfach oder

schwierig das Unternehmen zu erreichen ist, Sie können sich auch einen Eindruck von der Optik verschaffen. Gibt es ausreichend Parkplätze, wie sehen die Gebäude von außen aus, wie riecht es dort? Nutzen Sie darüber hinaus Tage der offenen Tür oder Betriebsführungen, um das Innere zu besichtigen!

- Wenn Sie zu einem Vorstellungsgespräch eingeladen werden, dann ist das noch einmal eine Chance, sich ein Bild zu machen. Sie sehen nicht nur den Betrieb von innen, sondern können auch ganz gezielt Fragen stellen, zum Beispiel nach den Chancen für eine Übernahme nach bestandener Prüfung.
- Am besten können Sie Ihr Urteil natürlich dann fällen, wenn Sie in dem Betrieb bereits ein Praktikum, eine Schnupperlehre oder auch nur einen Ferienjob gemacht haben. So sind Sie nicht auf die Aussagen anderer angewiesen, sondern haben sich selbst eine eigene Meinung gebildet.

Ein Wort noch zur Unternehmensgröße: Ob die Ausbildung bei einem Großunternehmen besser ist oder ob man in einem Kleinbetrieb mehr lernt, lässt sich nicht allgemein beantworten. Großunternehmen bieten zum Beispiel meist mehr Stellenchancen für die Übernahme, allerdings gibt es auch mehr Auszubildende und somit mehr Bewerber um die freien Stellen. Je kleiner ein Betrieb ist, desto eher wird von Ihnen aktive Mitarbeit erwartet. Dies muss nicht unbedingt von Nachteil sein. Treffen Sie hier Ihre persönliche Entscheidung!

Eine Liste der Ausbildungsbetriebe für Ihren Traumberuf erhalten Sie von der zuständigen IHK oder Handwerkskammer, von den Arbeitsämtern, den Innungen oder Wirtschaftsverbänden.

Wer bietet finanzielle Unterstützung?

Nicht nur die Suche nach einem Ausbildungsplatz kostet Geld, auch eventuell erforderliche Ortswechsel, Fahrtkosten und Berufskleidung schlagen schnell mit etlichen Euro zu Buche.

Sobald Sie sich bei der Berufsberatung des Arbeitsamtes als Bewerber für einen Ausbildungsplatz gemeldet haben, gibt es die Möglichkeit, finanzielle Unterstützung zu beantragen. Sie können Zuschüsse oder Darlehen zu Bewerbungs-, Reise- und Umzugskosten sowie zu spezieller Arbeitskleidung beantragen. Das Gleiche gilt für Überbrückungshilfen bis zur Zahlung der ersten Ausbildungsvergütung.

Wenn Sie an einer berufsvorbereitenden Bildungsmaßnahme teilnehmen oder bereits Auszubildender sind, gibt es unter bestimmten Bedingungen auch Berufsausbildungsbeihilfen (BAB).

Welche Voraussetzungen Sie erfüllen müssen, welche Formulare auszufüllen sind und was es im Einzelfall an weiteren Leistungen gibt, ändert sich immer wieder. Wenden Sie sich deshalb unbedingt rechtzeitig an die Berufsberatung des Arbeitsamtes!

3. Kapitel

Welche Bewerbungsmöglichkeiten gibt es?

Die Anzeige

Eine Stellenanzeige, sei es in einer Tageszeitung oder in einer Fachzeitschrift, ist wohl der am häufigsten vorkommende Auslöser für eine Bewerbung um einen Ausbildungsplatz. In der Anzeige finden Sie einen Großteil der Informationen, die Sie sowohl für Ihre Entscheidung, ob Sie diesen Ausbildungsplatz haben wollen, als auch für Ihre Bewerbung selbst benötigen. Überprüfen Sie, ob Sie die geforderten Qualifikationen tatsächlich besitzen oder ob hier so große Abweichungen vorliegen, dass Sie sich die Kosten einer Bewerbung getrost sparen können.

Lassen Sie sich andererseits aber auch nicht von Anzeigen einschüchtern, in denen Kriterien für Bewerber vorgegeben werden, die schlicht und einfach unrealistisch sind. Es gibt noch immer Firmen, die alle Wunschvorstellungen in eine Anzeige packen. Einen Kandidaten, der in einem solchen Fall alle Kriterien erfüllt, gibt es auf der ganzen Welt nicht. Also prüfen Sie, ob Sie die wichtigsten Punkte erfüllen, und bewerben Sie sich einfach. Bedenken Sie dabei aber bitte, dass überzogene Anforderungen auch Stress im Verlauf einer Ausbildung bedeuten können. Ist das wirklich das Unternehmen, bei dem Sie Ihren Traumberuf erlernen wollen?

Falls es sich nicht gerade um eine Chiffre-Anzeige handelt, erfahren Sie bereits aus dem Inserat, welches Unternehmen

hier einen Ausbildungsplatz anbietet, und haben es so leichter, sich Informationen zu beschaffen.
Immer häufiger werden in solchen Anzeigen, zumindest bei größeren Unternehmen, auch die Internetadressen der Firmen angegeben und ein Besuch auf den entsprechenden Seiten lohnt sich auf jeden Fall. Neben Informationen zum Unternehmen selbst erfahren Sie dort oft auch gleich noch etwas über die Ansprechpartner und in etlichen Fällen sogar mehr über die angebotene Ausbildung, als in der Zeitung steht.

Sperrvermerke

Bei Stellenanzeigen, die unter Chiffre geschaltet werden, finden Sie gelegentlich den Hinweis: »Sperrvermerke werden selbstverständlich berücksichtigt.« Auch wenn dies in Bezug auf Ausbildungsplätze eher unüblich ist, könnte es trotzdem sein, dass Sie bereits eine Ausbildungsstelle haben und diese wechseln möchten.
Wenn Sie es also vermeiden wollen, dass Ihre Bewerbung an bestimmte Firmen, zum Beispiel Ihren derzeitigen Betrieb oder die Firma, bei der Sie in der Vergangenheit gejobbt haben und mit der Sie unzufrieden waren, weitergeleitet wird, dann ist es sinnvoll, einen Sperrvermerk anzubringen. Selbst wenn nicht ausdrücklich in der Anzeige darauf hingewiesen wird, können Sie dennoch einen Sperrvermerk erlassen.
Die übliche Formulierung lautet: »Bitte leiten Sie diese Bewerbung nicht weiter, falls es sich bei Ihrem Auftraggeber um die Firma XYZ handelt.«

Chiffre

Bietet ein Unternehmen über ein Zeitungsinserat Ausbildungsplätze an und will trotzdem dabei unerkannt bleiben, so bietet sich die Form der Chiffre-Anzeige an. Die häufigsten Gründe hierfür sind:

- Die Firma will vermeiden, dass Konkurrenten etwas über die Ausbildungsgänge erfahren.
- Das Unternehmen hat keinen zugkräftigen Namen, möchte aber trotzdem möglichst viele Bewerber animieren.

Eine Bewerbung auf eine Chiffre-Anzeige richten Sie grundsätzlich an die Zeitung, in der das Stellenangebot abgedruckt war. Um sich zu bewerben, haben Sie zwei verschiedene Möglichkeiten:

1. Verpacken Sie Ihre Unterlagen in einen Umschlag, schreiben Sie auf diesen nur »Chiffre 123456«, verschließen ihn und stecken ihn dann in einen zweiten Umschlag, auf den Sie die Anschrift der Zeitung und wiederum den Vermerk »Chiffre 123456« vermerken. Nur dieser äußere Umschlag wird auch frankiert. Geben Sie sicherheitshalber auf beiden Umschlägen auch Ihren Absender an.
2. Sie benutzen nur einen einzigen Umschlag und beschriften diesen mit Ihrem Absender, der Anschrift der Zeitung und dem Vermerk »Chiffre 123456«.

Der Vorteil der ersten Variante besteht darin, dass Ihre Bewerbungsunterlagen auch dann unversehrt bleiben, wenn der äußere Umschlag versehentlich in die Tagespost der Zeitung gerät und dann geöffnet wird.
Einen Sperrvermerk für ein Bewerbungsschreiben auf eine Chiffre-Anzeige müssen Sie unbedingt außen auf dem Umschlag anbringen! Wenn Sie zwei Umschläge benutzen, dann muss der Sperrvermerk auf beide Umschläge. Sorgen Sie dafür, dass der Sperrvermerk auffällt, also schreiben Sie ihn fett oder markieren Sie ihn mit einem Leuchtstift. Auch wenn die meisten renommierten Zeitungen es sich kaum leisten können, einen Sperrvermerk zu missachten, so besteht doch immer grundsätzlich das Risiko, dass ein Mitarbeiter den Vermerk übersieht und Ihre Bewerbung an das »falsche« Unternehmen weiterleitet.

Die eigene Anzeige

Eine ganz andere, wenn auch etwas ungewöhnliche Form der Bewerbung um einen Ausbildungsplatz ist das Schalten einer eigenen Anzeige in einer Tageszeitung oder Fachzeitschrift unter der Rubrik »Stellengesuche«.
Grundsätzlich spricht nichts dagegen, sich auf diese Weise einen Ausbildungsplatz für den Traumjob zu suchen. Bevor Sie sich jedoch die Arbeit machen, eine Anzeige zu entwerfen, und einen nicht unerheblichen Betrag für die Schaltung ausgeben, sollten Sie sich einige Fragen stellen:

- Warum sollte sich ein Personalchef oder Ausbildungsleiter die Mühe machen, mein Ausbildungsplatzgesuch zu lesen?
- Welche Zeitung oder Zeitschrift ist das geeignete Medium?
- Wie schaffe ich es, dass meine Anzeige aus den anderen heraussticht?

In den Personalabteilungen der Unternehmen gehen beinahe täglich Bewerbungen ein, teils aufgrund von Anzeigen, teils aus eigener Initiative von Stellen- und Ausbildungsplatzsuchenden. Meist gibt es also keine Notwendigkeit, dass ein Unternehmen Mitarbeiter damit beschäftigt, solche Inserate zu lesen. Viele Firmen geben auch nur ungern ihre Identität preis und antworten auf eine Anzeige, ohne zu wissen, welche Person sich dahinter verbirgt.
Wenn Sie nicht etwas zu bieten haben, das so ungewöhnlich oder so stark gefragt ist, dass die Firmen ihren Bedarf nicht anders decken können, dann sparen Sie sich das Geld für eine eigene Anzeige lieber. Falls Sie einen Beruf erlernen wollen, in dem ein absoluter Mangel am Bewerbern herrscht, dann kann eine eigene Anzeige sinnvoll sein. Überlegen Sie sich aber erst einmal, ob es nicht einfacher, schneller und preiswerter ist, sich direkt bei einem entsprechenden Unternehmen zu bewerben.

Bevor Sie nun Ihre Anzeige entwerfen, sollten Sie sich darüber im Klaren sein, welche Zeitung die Mehrheit Ihrer potenziellen Arbeitgeber liest. Oft bieten sich Fachzeitschriften an, die jedoch in vielen Personalabteilungen gar nicht aufliegen, denn Personalarbeit wird häufig von der fachlichen Arbeit im Unternehmen getrennt. Trotzdem ist die Erfolgsquote hier meist höher als bei Anzeigen in lokalen Tageszeitungen. Die großen überregionalen und wirtschaftsorientierten Zeitungen, wie zum Beispiel die *Süddeutsche Zeitung* oder die *Frankfurter Allgemeine Zeitung,* sind eher ungeeignet für die Suche nach einem Ausbildungsplatz.

Falls Sie sich mit der Schaltung einer eigenen Anzeige um eine Lehrstelle bemühen wollen, dann gilt hier der Grundsatz »Bewerbung ist Werbung!« noch weitaus stärker als bei Ihrer Antwort auf das Ausbildungsangebot eines Unternehmens. Denn geht Ihr Inserat im so genannten Anzeigenfriedhof, also der Flut ähnlicher Anzeigen, unter, haben Sie das Geld zum Fenster hinausgeworfen. Sorgen Sie dafür, dass Sie auffallen! Da Anzeigen nur dann gelesen werden, wenn das Auge beim Überfliegen der Seite an einem Punkt hängen bleibt, müssen Sie dafür sorgen, dass in der ersten Zeile bzw. der Überschrift bereits etwas steht, das auffällt und Interesse weckt. Nur wenn dieser erste »Stopp« dem Leser auch gleich einen Nutzen verspricht, wird er weiterlesen.

Aufgrund der meist recht hohen Anzeigenpreise und der Notwendigkeit, aufzufallen, müssen Sie einen guten und gleichzeitig knapp formulierten Grund nennen können, warum ein Personalchef oder Ausbildungsleiter auf Ihr Inserat reagieren soll. Schalten Sie die Anzeige unbedingt nur unter Chiffre, Sie werden ansonsten mit einer Flut von teilweise sogar unseriösen Angeboten bombardiert. Behalten Sie deshalb lieber Ihre Anschrift und Ihre Telefonnummer für sich, Sie werden sonst Schwierigkeiten haben, den ein oder anderen ungebetenen Anbieter wieder loszuwerden.

Erhalten Sie Zuschriften auf Ihre Anzeige, die Sie interessieren, dann werden Sie aufgefordert, Ihre Bewerbungsunterlagen einzureichen. Dies unterscheidet sich nur darin vom »normalen« Ablauf einer Bewerbung, dass Sie den ersten Schritt getan haben.

➲ *Ist es wirklich sinnvoll, eine Anzeige zu schalten, von der Sie nicht wissen, ob überhaupt eine Reaktion darauf erfolgt? Haben Sie alle anderen Möglichkeiten, einen Ausbildungsplatz im Traumberuf zu finden, vollständig ausgeschöpft?*

Selbst aktiv werden

Warten Sie nicht, bis Ihnen von irgendeiner Seite her das passende Angebot unterbreitet wird, sondern schreiben Sie eine Initiativbewerbung. Der Begriff sagt Ihnen nichts? Vielleicht kennen Sie dann den früher gebräuchlichen Ausdruck »Blindbewerbung«. Es handelt sich hier um eine Bewerbung, bei der die Initiative von Ihnen ausgeht, also nicht um eine Reaktion auf eine Stellenanzeige oder eine -ausschreibung einer Firma.

Wie Sie sich bestimmt vorstellen können, erhalten Unternehmen täglich eine Vielzahl von Bewerbungen, teils verlangt, teils unverlangt. Falls Sie nun eine Initiativbewerbung verschicken wollen, müssen Sie sich darüber im Klaren sein, dass Sie nur dann eine Chance haben, wenn Sie gleich in den ersten Zeilen Ihres Anschreibens den Leser davon überzeugen können, dass es sich lohnt weiterzulesen. Sie sind also wieder gezwungen, ganz massiv Werbung für sich selbst und Ihre Fähigkeiten zu machen.

Bevor Sie eine Initiativbewerbung starten, sollten Sie sich zuerst ausführliche Informationen über das Unternehmen und die Ausbildungsstelle beschaffen. Hierzu eignet sich vor allem das Internet, aber auch Kunden- oder Mitarbeiterzeitschriften liefern oft brauchbares Hintergrundwissen. Je mehr Sie in Erfahrung bringen können, desto zielgenauer können Sie Ihr Anschreiben formulieren. Hilfreich sind natürlich auch Informationen von Bekannten, die in diesem Unternehmen arbeiten. Hüten Sie sich aber davor, in Ihrem Bewerbungsschreiben mit internen Details glänzen zu wollen. Es kommt nicht gut an, wenn Sie als Außenstehender Wissen präsentieren, das nur innerhalb des Unternehmens bekannt sein sollte.

Wählen Sie einen Einstieg, der ohne Umschweife herausstellt, was Sie zu bieten haben und warum genau dieses Angebot dem Arbeitgeber einen Nutzen bringt. Wenn Ihnen dazu gar nichts einfällt, können Sie zumindest im Schreiben darauf eingehen, dass man ja an Ihrer Eigeninitiative schon Ihr zukünftiges Engagement als Auszubildender erkennen kann.

Die Suche über Freunde, Verwandte und Bekannte

Grundsätzlich gilt das gleiche Prinzip, das Sie aus der Werbung kennen: Je mehr Menschen etwas davon wissen, desto höher sind die Verkaufschancen. So gesehen wäre ein Fernsehspot, in dem Sie sich als zukünftiger Auszubildender anbieten, sicher eine sehr gute Lösung. Leider ist dies aber viel zu aufwändig und teuer und deshalb nicht umsetzbar.

Wenn Sie sich für Ihren zukünftigen Beruf entschieden haben, dann ist es sinnvoll, möglichst viele Menschen wissen zu lassen, dass Sie auf der Suche nach einem Ausbildungsplatz sind. Vielleicht ist jemand dabei, der etwas Passendes weiß oder wiederum einen anderen kennt, der Ihnen weiterhelfen kann. Vorsicht ist allerdings geboten, wenn Sie bereits bei einem Unternehmen in der Ausbildung sind und unbedingt den Betrieb wechseln wollen! Riskieren Sie es lieber nicht, dass Ihr derzeitiger Arbeitgeber, Ihre Kollegen oder

andere Auszubildende frühzeitig erfahren, was Sie planen. Beschränken Sie sich dann besser auf Ihre private Umgebung und auf die Menschen, bei denen Sie annehmen können, dass sie Ihre Pläne vertraulich behandeln werden.
Um die Chancen zu erhöhen und Angebote, die Sie vielleicht gar nicht interessieren, auszuschließen, sollten Sie klar sagen, was für eine Stelle Sie suchen und welche Unternehmen für Sie nicht in Frage kommen.
Seien Sie vorsichtig, wenn man Ihnen von den tollsten Stellen und dem fantastischen Klima einer Firma vorschwärmt. Holen Sie sich darüber lieber mehr als eine Information ein und versuchen Sie, sich selbst ein Bild zu machen.

4. Kapitel

Soll ich mich telefonisch bewerben?

Manchmal finden Sie Anzeigen für Ausbildungsplätze, in denen Sie ausdrücklich aufgefordert werden, zunächst einen telefonischen Kontakt aufzunehmen und keinesfalls vorab Unterlagen einzureichen – in diesen Fällen bleibt Ihnen gar nichts anderes übrig, als anzurufen. Unternehmen nutzen diese Möglichkeit, um sich über die möglichen Kandidaten vorab zu informieren und gegebenenfalls auch eine erste Auswahl vorzunehmen.

Sehr viel öfter jedoch finden Sie in diesen Anzeigen neben der Firmenanschrift die Möglichkeit, sich telefonisch Vorabinformationen geben zu lassen. Nutzen Sie dieses Angebot allerdings nur dann, wenn nach dem Lesen der Anzeige noch Fragen offen sind, von denen Ihre Bewerbung abhängt. Dies kann zum Beispiel der Fall sein, wenn Sie nicht ganz sicher sind, ob Ihre Qualifikationen ausreichend sind.

Ist in einer Anzeige als Bestandteil der Anschrift auch die Telefonnummer angegeben, bedeutet dies noch lange nicht, dass Sie dort anrufen sollen. In noch deutlicherem Maße gilt dies, wenn die Telefonnummer fehlt und Sie sich diese erst

➲ *Seien Sie sich bei Telefonaten immer bewusst, dass am anderen Ende der Leitung ein Personalprofi sitzen kann. Sind Sie wirklich fit genug, um ein solches Telefonat erfolgreich zu führen?*

über die Auskunft besorgen müssen. Nicht jedes Unternehmen ist begeistert davon, sich mit Bewerbern am Telefon auseinander setzen zu müssen.

Ja oder Nein?

Angebracht ist ein Bewerbungstelefonat natürlich immer dann, wenn Sie ausdrücklich zu dieser Art der Kontaktaufnahme aufgefordert worden sind. Rufen Sie in einem solchen Fall nicht an und schicken stattdessen Ihre Unterlagen einfach per Post, so werden Sie diese meist genauso schnell wieder zurückerhalten, oft sogar ungeöffnet.
Wie bereits erwähnt, ist ein Anruf auch dann sinnvoll, wenn Ihnen nach dem Lesen der Anzeige nicht klar ist, ob Sie für diesen Ausbildungsweg geeignet sind, oder wenn in dem Inserat Informationen fehlen, die für Ihre Entscheidung wesentlich sind. Sollte die Stelle tatsächlich so unklar beschrieben sein oder fehlen elementare Informationen, dann überlegen Sie sich, ob dies wirklich die richtige Firma für Sie ist. Denn eine solche Anzeige kostet Geld, die mangelnde Sorgfalt könnte also auf Probleme im Unternehmen selbst schließen lassen. Handelt es sich aber um eine »vollständige« Ausbildungsbeschreibung, bei der Sie trotzdem noch weitere Angaben benötigen, dann rufen Sie an.
Stoßen Sie nach der Rückkehr aus dem Urlaub auf eine interessante Anzeige, ergibt sich die Frage, ob es noch sinnvoll und möglich ist, Ihre Bewerbung einzureichen. Auch in diesem Fall empfehle ich Ihnen ein kurzes Telefonat, um diesen Sachverhalt zu klären. Sie ersparen sich so die Arbeit, eine Bewerbung zu schreiben, die dann wegen Zeitüberschreitung automatisch abgelehnt wird. Versuchen Sie in dem Telefonat wirklich nur in Erfahrung zu bringen, ob Sie sich noch schriftlich bewerben können.
Auch wenn Sie eine Initiativbewerbung starten wollen, empfiehlt es sich, vorher herauszufinden, wer die Ansprechpart-

ner sind. Häufig können Sie diese Angaben im Internet ausfindig machen und sich somit einen Anruf ersparen. Andernfalls müssen Sie telefonisch nachfragen, sollten dies aber bei der Telefonzentrale des Unternehmens tun. Es kann Ihnen dabei natürlich auch passieren, dass Sie direkt mit der Personalabteilung verbunden werden. Unter Umständen befinden Sie sich dann plötzlich bereits in einem echten telefonischen Bewerbungsgespräch.

Wann immer Sie die Möglichkeit haben, sich schriftlich zu bewerben, sei es nun auf Papier oder per E-Mail, so nutzen Sie diese auch und lassen Sie die Finger vom Telefon. Niemand kann die Fülle an Informationen, die eine komplette Bewerbungsmappe enthält, in kurzer Zeit per Telefon in übersichtlicher und verständlicher Weise übermitteln. Sie zwingen Ihren Gesprächspartner deshalb dazu, sich Notizen zu machen, um hinterher noch zu wissen, mit wem er gesprochen hat und welche Fakten vorliegen. Verständlicherweise wird er kaum davon begeistert sein und sich hinterher fragen, warum Sie ihm Ihre Unterlagen nicht gleich per Post zugeschickt haben.

Unsinnig ist auch der Versuch, eine Initiativbewerbung telefonisch zu starten. Sie wissen nicht, ob Sie Ihren Gesprächspartner gerade in einem ungünstigen Moment erwischen. Zudem wird ein Personalverantwortlicher schnell überfordert sein, den Sie aus heiterem Himmel mit Ihrem Anliegen überfallen und mit einer Flut an Informationen überschütten, ohne dass er die Möglichkeit hat zu entscheiden, ob es überhaupt eine passende Ausbildungsstelle im Unternehmen gibt.

Bevor Sie sich zu einer telefonischen Bewerbung entscheiden, bedenken Sie bitte immer folgende Fragen:

- Warum nutze ich nicht die Möglichkeit, mich ausführlich in schriftlicher Form zu bewerben?
- Welchen Vorteil hat das Unternehmen, wenn ich mich telefonisch bewerbe?

- Will ich mich dem Risiko aussetzen, von einer im Telefonieren geschulten Person interviewt zu werden?

Auch Ihre Mimik und Gestik kommen am Telefon nicht zur Geltung. Das erste Telefonat mit einem möglichen Arbeitgeber wird ohnehin meist früh genug erfolgen, nämlich dann, wenn man Sie zu einem Gespräch einlädt oder vorab ein Telefoninterview durchführt, da man Ihre Bewerbungsmappe interessant gefunden hat.

> ➲ *Fazit: Versuchen Sie immer, sich schriftlich zu bewerben und benutzen Sie das Telefon nur dann, wenn Ihnen noch Informationen für eine schriftliche Bewerbung fehlen.*

Welche Hilfsmittel gibt es?

Lässt sich eine telefonische Bewerbung nicht vermeiden, sollten Sie sich gut auf das Gespräch vorbereiten. Auch wenn es kaum zu glauben ist, so geschieht es doch immer wieder, dass Bewerber vollkommen in Stress geraten, weil sich nirgendwo ein Stift finden lässt, um die Wegbeschreibung oder eine Rufnummer zu notieren.
Folgende Hilfsmittel sollten sich unbedingt in Ihrer unmittelbaren Nähe befinden:

- Ein voll funktionsfähiges Telefon: Lachen Sie nicht, ein schnurloses Telefon mit einem fast entladenen Akku, der sich im entscheidenden Moment verabschiedet, ist genauso »gut« wie kein Telefon.
- Schreibpapier: Legen Sie sich einen Block oder zumindest mehrere Einzelblätter zurecht. Probieren Sie aus, ob Sie telefonieren und schreiben können, ohne dass Ihnen

die Blätter verrutschen. Verzichten Sie auf die berühmten Notizzettel, Sie werden hinterher Schwierigkeiten haben, eine vernünftige Reihenfolge herzustellen.

- Schreibgeräte: Richten Sie sich unbedingt mehr als einen Stift her. Wenn der Kugelschreiber plötzlich nicht mehr funktioniert oder der Bleistift abbricht, geraten Sie ansonsten in unnötige Hektik.
- Bewerbungsunterlagen: Breiten Sie Ihre Bewerbungsunterlagen so vor sich aus, dass Sie jederzeit schnellen Zugriff darauf haben. Ihren Lebenslauf benötigen Sie unbedingt! Anstelle von Abschlusszeugnissen können Sie die wichtigsten Noten auch auf einem Blatt Papier zusammenfassen, um mehr Übersichtlichkeit zu schaffen und nicht in den Zeugnissen herumblättern zu müssen.
- Die Unternehmensdaten: Tippen Sie nicht einfach die Telefonnummer ein, sondern benutzen Sie ein Blatt, auf dem Sie die Rufnummer und den Namen des Gesprächspartners notieren. So können Sie Ihren Gesprächspartner immer mit seinem Familiennamen ansprechen, denn im Eifer des Gefechts gerät dieser oft schnell in Vergessenheit.
- Ihre eigene Rufnummer: Immer wieder kommt es vor, dass Bewerber gefragt werden, unter welcher Telefon- oder Handynummer sie zu erreichen sind. Meist endet dies mit Sätzen wie: »Ich rufe mich selbst ja nie an. Ich glaube, es ist die …« Schreiben Sie Ihre Telefonnummern auf, damit Sie diese schnell und vor allem korrekt angeben können.
- Einen Terminkalender: Sobald es um die Vereinbarung von konkreten Terminen geht, wird Ihnen dieser sehr nützlich sein. Dadurch vermeiden Sie es auch, zunächst eine Zusage zu geben und dann, nachdem Sie Ihren Kalender gefunden haben, wieder absagen zu müssen.
- Das Drehbuch: Mehr dazu finden Sie im folgenden Abschnitt.

Wie bereite ich mich vor?

Die Vorbereitungsmaßnahmen für eine erfolgreiche telefonische Bewerbung gliedern sich in drei Teile:

- das Drehbuch
- die praktischen Vorbereitungen
- die mentale Einstimmung

Schreiben Sie sich ein Drehbuch für Ihr Gespräch. Ähnlich dem Anschreiben einer schriftlichen Bewerbung, in dem Sie die wichtigsten Vorzüge Ihrer Person herausstellen, sollten Sie für das Telefonat ein Drehbuch verfassen. Erstellen Sie das Drehbuch mithilfe der Informationen in den drei folgenden Gesprächsteilen (Einstieg, Gespräch und Abschluss) und mit diesen Punkten:

- Wie will ich beginnen?
- Wie bin ich auf die Idee gekommen, mich bei dieser Firma zu bewerben?
- Warum soll das Unternehmen gerade mich einstellen?
- Was habe ich zu bieten, das dem Unternehmen nützt und das gleichzeitig nicht alle anderen Bewerber auch haben?
- Welche Fragen will ich stellen und welche Informationen benötige ich noch?
- Mit welcher Vereinbarung will ich das Gespräch beenden?

Natürlich hat es keinen Sinn, einen fortlaufenden Text zu erstellen und diesen abzulesen. Notieren Sie sich Stichpunkte, so wie es Redner tun, um einen roten Faden zu haben und sich immer wieder orientieren zu können.
Zu den praktischen Vorbereitungen gehört selbstverständlich die Platzierung der Hilfsmittel. Stellen Sie auch sicher, dass Sie ungestört telefonieren können. Eine Türklingel oder plötzlich hereinstürmende Freunde können Sie völlig aus dem Konzept bringen, also sorgen Sie für die nötige Ruhe.

Falls Ihr Telefon über die Funktion »Anklopfen« verfügt, dann deaktivieren Sie diese. Der Anklopfton stört sowohl Ihre Konzentration als auch die Ihres Gesprächspartners. Schalten Sie ebenso den Anrufbeantworter ab oder zumindest stumm. Ihr Gesprächspartner hat wenig Interesse daran, den Anruf anderer mitzuhören. Auch Radio und Fernsehgerät sollten ausgeschaltet sein; derartige Hintergrundgeräusche behindern die Konzentration. Schließen Sie die Fenster, um den Lärm von draußen zu reduzieren. Außerdem muss ja nicht die ganze Nachbarschaft mitkriegen, was Sie gerade tun. Räuspern Sie sich direkt vor dem Telefonat noch einmal und trinken Sie einen Schluck Wasser, um Ihre Stimme frei zu machen.

Neben all diesen »technischen« Details ist es aber auch wichtig, dass Sie sich mental auf das kommende Gespräch einstellen. Führen Sie das Telefonat, entweder im Geiste oder auch laut, um sich darauf vorzubereiten. Sprechen Sie dabei aber nur Ihren Teil, es hat keinen Sinn, sich auszumalen, was der Gesprächspartner alles sagen oder fragen könnte. Konzentrieren Sie sich auf das Ziel Ihres Gesprächs und atmen Sie ein paar Mal kräftig durch. Nun kann es losgehen.

Wie fange ich an?

Egal, ob Sie eine direkte Durchwahl zu Ihrem gewünschten Gesprächspartner haben, ob Sie über ein Vorzimmer oder über eine Telefonzentrale verbunden werden, beginnen Sie Ihr Gespräch immer mit einem Tagesgruß. Darunter versteht man die Begrüßung, die durchaus regional eingefärbt sein kann, also: »Guten Morgen«, »Guten Tag«, »Grüß Gott« oder »Guten Abend«. Dieser Beginn ist nicht nur eine Frage der Höflichkeit, sondern sorgt auch dafür, dass Ihr Gesprächspartner, der eventuell noch nicht ganz bei der Sache ist, keine wichtigen Informationen verpasst. Erst danach nennen Sie Ihren Namen, auch wenn Sie bereits zum x-ten Mal verbunden worden sind, denn Sie haben ja immer wieder eine andere Person am Apparat. Kennen Sie den Namen Ihres Gesprächspartners bereits oder hat er ihn genannt, als er sich gemeldet hat, dann verwenden Sie ihn nun und sprechen die Person direkt an. Legen Sie jetzt eine ganz kurze Pause ein, um dem Gesprächspartner die Chance zu geben, auch etwas zu sagen.

Wenn Sie bereits in irgendeiner Beziehung zum Unternehmen stehen, also zum Beispiel Unterlagen zugeschickt haben oder sich auf jemanden berufen, der dort arbeitet, dann nehmen Sie bitte auch darauf Bezug. Ansonsten ist nun der Zeitpunkt gekommen, Ihr Anliegen knapp und präzise zu schildern. Schließen Sie möglichst mit einer Frage ab, um eine Reaktion zu erhalten, zum Beispiel »Welche Unterlagen für eine Bewerbung benötigen Sie?«

Zeigt Ihr Gesprächspartner keinerlei Interesse oder sagt er Ihnen direkt ab, dann ist das Gespräch schon zu Ende. Andernfalls sollte sich nun ein Dialog entwickeln, in dem Ihnen einige Fragen zu Ihrem schulischen bzw. bisherigen Werdegang und Ihren Vorstellungen über eine Ausbildung oder den Wunschberuf gestellt werden und in dem Sie die Möglichkeit haben, sich darzustellen.

Was soll ich sagen?

Mit dem Vorbringen Ihres Anliegens gleiten Sie praktisch schon von der Einleitung in das eigentliche Gespräch hinein. Behalten Sie immer Ihr Ziel im Auge: die Zusendung Ihrer Unterlagen an Ihren Gesprächspartner. Auch wenn oft behauptet wird, Sie sollten versuchen, einen persönlichen Gesprächstermin zu vereinbaren, funktioniert dies in der Praxis meist nicht. Sinnvoller ist es, den Gesprächspartner für sich und die eigenen Fähigkeiten zu interessieren und ihn auf das Lesen der vollständigen Bewerbungsunterlagen neugierig zu

machen. Falls Sie den Anruf dazu benutzen wollen, zusätzliche Informationen zu erhalten, zielen Sie trotzdem darauf ab, Ihre Bewerbung am besten umgehend an den Gesprächspartner schicken zu können.
Denken Sie immer daran, dass Ihr Anruf den anderen vielleicht gerade in einem ungünstigen Moment trifft, er unter Zeitdruck steht oder zumindest so tut als ob, um wichtig zu erscheinen. Stehlen Sie ihm also nicht die Zeit, sondern fassen Sie sich kurz. Verzichten Sie auf lange Monologe, sie sind für beide Seiten anstrengend und lösen im anderen nur den Drang aus, Sie zu unterbrechen, um auch einmal zu Wort zu kommen. Bauen Sie sich in Ihrem Drehbuch Gelegenheiten ein, in denen Sie den Partner zum Sprechen auffordern, indem Sie Fragen stellen.
Die Qualität Ihres Gesprächs können Sie sehr gut daran messen, ob es gelingt, den roten Faden aufrechtzuerhalten, also immer beim Thema Ihrer möglichen Einstellung zu bleiben. Je öfter Sie Ihren Gesprächspartner wieder auf diesen Punkt zurückbringen müssen, weil er davon abweicht, desto schlechter läuft das Gespräch für Sie.

➜ *Stellen Sie Fragen, um längere Gesprächspausen zu vermeiden. So kommen Sie auch von einem unangenehmen Monolog zu einem vernünftigen Dialog.*

Wie beende ich das Gespräch?

Ist man seitens des Unternehmens nicht an Ihnen interessiert und teilt Ihnen dies auch direkt mit, dann bleibt Ihnen nur noch, sich zu verabschieden. Bedanken Sie sich trotzdem für das Gespräch und drücken Sie Ihr Bedauern darüber aus, dass es nicht zu einem näheren Kennenlernen kommt. Sie

wissen nicht, ob Sie diesen Gesprächspartner bei einer anderen Gelegenheit wieder treffen werden, also behalten Sie Ihren Unmut lieber für sich.
Werden Sie nach einem kurzen Gespräch aufgefordert, sich schriftlich zu bewerben, dann fragen Sie nach, an wen Ihre Unterlagen zu richten sind. Bedanken Sie sich auf jeden Fall für die Chance, die man Ihnen gibt, und sagen Sie zu, Ihre Bewerbung kurzfristig zusammenzustellen und zuzusenden, möglichst mit Nennung eines konkreten Termins.
Ist es Ihnen gelungen, ein längeres und interessantes Gespräch zu führen, bei dem Sie den Eindruck haben, es könnte sich mehr daraus ergeben? Bedanken Sie sich unbedingt für die Unterredung und die Ihnen zur Verfügung gestellte Zeit. Versuchen Sie, eine konkrete Vereinbarung zu treffen, wie es nun weitergehen soll. Am besten ist es natürlich, wenn Sie – neben der Zusendung Ihrer Bewerbung – schon jetzt einen Termin für ein persönliches Gespräch vereinbaren können.
In den meisten Fällen wird sich eine telefonische Bewerbung eher im Rahmen eines kurzen Gesprächs abspielen und mit der Aufforderung, eine schriftliche Bewerbung einzureichen, beendet sein. Der einzige Vorteil für Sie besteht darin, dass Sie nun den Namen desjenigen kennen, an den Sie Ihre Unterlagen richten sollen. Oft erhalten Sie aber auch nur die Aufforderung, Ihre Bewerbung an die Personalabteilung zu senden. Überlegen Sie sich deshalb gut, ob es für Sie wirklich sinnvoll ist, sich telefonisch zu bewerben. Die Arbeit, eine Bewerbungsmappe zu erstellen, bleibt Ihnen doch nicht erspart.

Vernünftigerweise erwartet niemand von einem Berufsanfänger professionelles Verhalten am Telefon. Setzen Sie sich also nicht selbst noch zusätzlich unter Druck.

Checkliste für die telefonische Bewerbung

Drehbuch geschrieben?	
Fragenkatalog vorbereitet?	
Telefonakku geladen?	
Anklopf-Funktion deaktiviert?	
Block und Stifte bereitgelegt?	
Bewerbungsmappe griffbereit?	
Unternehmensdaten in der Nähe?	
Eigene Telefonnummer notiert?	
Terminkalender zur Hand?	
Für Ruhe gesorgt?	
Fenster geschlossen?	
Gespräch geistig vorbereitet?	
Stimme frei gemacht?	

5. Kapitel

Wie sieht eine schriftliche Bewerbung aus?

Die noch immer häufigste Form, sich um einen Ausbildungsplatz zu bemühen, ist die schriftliche Bewerbung. Sie haben dadurch die Möglichkeit, sich – wenn auch nur auf begrenztem Platz – darzustellen, und können in Ruhe überlegen, wie Sie das am besten gestalten wollen. Das Unternehmen kann sich Ihre Unterlagen ausführlich ansehen und sich ein erstes Bild von Ihnen machen. Selbst Bewerbungen, die per E-Mail eingehen, werden fast immer ausgedruckt und dann erst gelesen.

Benutzen Sie für das Anschreiben und den Lebenslauf immer weißes Papier im Format DIN A4. Farbiges Papier und andere Formate werden gerne negativ bewertet, weil sie vom Üblichen und Gewohnten abweichen, und führen häufig dazu, dass Ihre Bewerbung mindestens auf dem Stapel der weniger interessanten Kandidaten landet.

Schreiben Sie immer, sofern Sie nicht zu etwas anderem aufgefordert werden, mit Schreibmaschine oder am PC. Benutzen Sie ein möglichst frisches Farbband bzw. achten Sie darauf, dass der Drucker über ausreichend Tinte verfügt. Andere Schriftfarben als Schwarz kommen nicht besonders gut an. Dies gilt auch für E-Mail-Bewerbungen!

Für die Form gibt es Regeln

Im Grunde genommen gibt es für die Form einer Bewerbung überhaupt keine Vorschriften. Selbst das Anschreiben muss noch immer ohne eine DIN-Norm auskommen. Um nun trotzdem eine Orientierungshilfe zu haben, hat es sich eingebürgert, dass die Anschreiben für Bewerbungen sich an die Norm für Geschäftsbriefe anlehnen. Es handelt sich dabei um die DIN 5008.
Die wichtigsten Regeln daraus sind im Folgenden dargestellt:

- Stellen Sie die Papierränder so ein, dass oben, unten und rechts ein Abstand von 2 cm, links von 2,5 cm eingehalten wird.
- Schreiben Sie linksbündig mit einzeiligem Abstand.
- Benutzen Sie eine Schrift in der Größe 11 Punkt.
- Der Absender enthält Ihren Vor- und Nachnamen, Ihre vollständige Anschrift und Ihre Telefonnummer mit Vorwahl. Die Nummern werden, von hinten beginnend, nach jeweils zwei Zahlen durch ein Leerzeichen getrennt.
- Absendeort und Datum kommen in die erste Zeile und sind rechtsbündig. Trennen Sie Ort und Datum durch ein Komma. Das Wörtchen »den« wird nicht mehr benutzt. Schreiben Sie den Monatsnamen aus.
- Etwa 5,5 cm vom oberen Blattrand entfernt beginnt die Anschrift. Zuerst kommt der Firmenname. Das »An« davor entfällt. Falls nötig folgt in einer zweiten Zeile die Abteilung, in der nächsten Zeile dann der Ansprechpartner. Der Begriff »Zu Händen« wird ebenfalls nicht mehr verwendet. In die nächste Zeile kommen Straße und Hausnummer und, nach einer Leerzeile, Postleitzahl und Ort.
- Vier Zeilen unterhalb der Adresse steht der Betreff, wobei das Wort »Betreff« nicht mehr geschrieben wird. Dieser ist, falls nötig, in zwei Zeilen zu unterteilen.
- Zwei Leerzeilen nach dem Betreff folgt die Anrede.
- Nach einer weiteren Leerzeile beginnt der Text.

- Die Grußformel am Ende des Schreibens wird durch eine Leerzeile vom Text getrennt.
- Sämtliche Anlagen werden unter oder neben der Überschrift »Anlagen« aufgelistet. Aufgrund des Platzmangels im Anschreiben wird allerdings häufig auf diese Auflistung verzichtet. Da Ihre Unterlagen ohnehin in einer Mappe zusammengefasst sind, macht das auch nichts. Am besten, Sie handhaben es wie folgt: Haben Sie noch viel Platz auf dem Anschreiben frei, machen Sie eine Auflistung der Anlagen. Ansonsten verzichten Sie darauf.

Vollständigkeit ist der halbe Erfolg

Eigentlich versteht es sich von selbst, dass nur komplette Bewerbungsmappen versandt werden. Oft stellt sich allerdings die Frage: Was heißt denn nun vollständig? Vollständig im Sinne der üblichen Regeln für Bewerbungen bedeutet:

- Anschreiben
- Lebenslauf mit aktuellem Foto
- Zeugnisse
- Weitere Unterlagen

Meist ergeben sich Schwierigkeiten, wenn Sie entscheiden müssen, welche Zeugnisse für eine Bewerbung relevant sind. Außerdem stellt sich die Frage, ob weitere Unterlagen beigefügt werden sollen und wenn ja, welche auszuwählen sind. Die Antworten darauf finden Sie im 8. Kapitel »Welche Zeugnisse gehören zu einer Bewerbung?«.

Richtig sortiert

Auch über die Reihenfolge, in der die einzelnen Blätter einer Bewerbungsmappe angeordnet werden sollen, herrscht oft Unsicherheit. Meist wird diese dadurch verursacht, dass zwischen der Chronologie des Lebenslaufes und der Anordnung der Unterlagen ein Bruch besteht. Grundsätzlich gilt folgende Reihenfolge:

- Anschreiben
- Lebenslauf
- Zeugnisse
- Sonstige Anlagen

Innerhalb der Zeugnisse liegt immer das aktuellste Zeugnis an oberster Stelle. Haben Sie bereits einen Job, über den Sie auch ein Zeugnis, beispielsweise als Zwischenzeugnis, besitzen, so kommt dieses nach oben.
Sollten Sie bereits eine Ausbildung absolviert haben, folgt das Ausbildungszeugnis.
Darunter befinden sich die Schulzeugnisse. Sofern Sie Ihre Schulausbildung noch nicht abgeschlossen haben, sollte es das letzte Zwischenzeugnis sein. Haben Sie Ihr Abschlusszeugnis bereits erhalten, dann legen Sie auch nur dieses bei und verzichten auf Zwischenzeugnisse oder die Zeugnisse vergangener Jahre.
Bescheinigungen über Fort- und Weiterbildungsmaßnahmen werden chronologisch an den jeweiligen Plätzen einsortiert.
Arbeitsproben geben Sie am besten in einer gesonderten Mappe ab. Handelt es sich nur um einige wenige Blätter, so können Sie diese auch an das Ende der Bewerbungsmappe heften und den Beginn beispielsweise durch eine Trennlasche oder ein Trennblatt kenntlich machen.

Auch die Verpackung wirkt

Sie erinnern sich noch? Bewerbung ist Werbung! Es nützt Ihnen nichts, wenn Sie Ihre Unterlagen im Sinne einer guten Werbung aufbereiten und dann an der Verpackung sparen. Denken Sie daran: Sie wissen nicht, wer die Post mit Ihren Unterlagen öffnet. In vielen Unternehmen wird dies jemand sein, der Personalverantwortung hat und vielleicht auch für oder gegen Sie entscheidet. Der erste Eindruck, den diese Person von Ihnen bekommt, ist das Äußere Ihrer Unterlagen, also die Verpackung. Natürlich wird niemand nur wegen einer schönen Verpackung eingestellt, aber bei gleichwertigen Bewerbern kann sogar das den Ausschlag geben.

Die Bewerbungsmappe

Nichts macht einen schlechteren Eindruck als ein Haufen loser Blätter, der einem beim Öffnen eines Umschlags entgegenfällt und mühsam wieder zusammen sortiert werden muss. Die Schuld dafür wird man immer dem Bewerber geben!

Benutzen Sie eine Mappe, um Ihre Unterlagen sauber und sicher zu verpacken. Am besten eignen sich dazu Mappen, deren Deckblatt durchsichtig ist, sodass auf den ersten Blick zu erkennen ist, worum es sich bei dem Inhalt handelt. Ob Sie nun Klemmmappen benutzen oder solche, bei denen die Unterlagen gelocht und eingeheftet werden, bleibt Ihnen überlassen. Achten Sie nur darauf, dass die einzelnen Blätter lesbar sind, ohne dass man sie aus der Mappe herausnehmen muss. Investieren Sie das Geld und kaufen Sie sich für jede Bewerbung eine neue Mappe. Zum einen neigen Klemmmappen dazu auszuleiern, sodass die Blätter leicht herausfallen können. Zum anderen werden die Mappen beim Versand und auch bei den Unternehmen nicht immer mit Samthandschuhen angefasst und erhalten deshalb leicht unschöne Knickstellen.

Auch die Farbe Ihrer Mappe wird sicher nicht den Ausschlag über eine Einladung zum Gespräch geben. Trotzdem sollten Sie auf knallbunte oder mit Mustern und Ornamenten verzierte Mappen verzichten. Nur zu leicht könnte der Eindruck entstehen, Sie seien sehr verspielt und vielleicht doch nicht reif genug für den gewünschten Ausbildungsplatz. Anders sieht dies natürlich in den kreativen Bereichen aus, beispielsweise bei Designern und Werbefachleuten. Hier darf es ruhig etwas kräftiger zur Sache gehen; übertreiben Sie es dabei aber bitte nicht. Wenn Sie wissen, welche Kunden die Werbeagentur betreut, dann gibt Ihnen das einen guten Anhaltspunkt, wie poppig es sein darf. Sehr ausgewogen sind die modernen Mappen, die komplett durchsichtig sind und nur einen farbigen Klemmverschluss haben.

Ob Sie das Anschreiben nun einheften bzw. einklemmen oder lose als oberstes Blatt in die Mappe legen, ist weitgehend eine Frage des persönlichen Geschmacks. Da das Anschreiben jedoch auch im Falle einer Absage von den meisten Firmen behalten wird, empfiehlt es sich, dieses nur lose einzulegen. So ersparen Sie dem Personalverantwortlichen die Arbeit, die Mappe zu öffnen, um das Schreiben zu entnehmen. Außerdem bekommt es dem Rest Ihrer Unterlagen besser, wenn die Mappe nicht geöffnet werden muss.

Der Umschlag

Haben Sie sich auch schon einmal darüber geärgert, dass Sie Post erhalten haben, bei der ein Umschlag eingerissen und der Inhalt durch den Regen angefeuchtet worden war? Dann achten Sie beim Verschicken Ihrer Bewerbung darauf, dass der Inhalt gut geschützt ist. Ein luftgepolsterter Umschlag ist meist nicht nötig, da Sie ja keine Berge von Material verschicken wollen. Ein reißfester Umschlag sollte es aber schon sein, einfach um sicherzugehen, dass Ihre Mappe möglichst unversehrt ankommt. Bewährt haben sich auch die Umschläge mit einer verstärkten Rückseite. Sie sorgen

dafür, dass die Bewerbungsmappe nicht stärker als nötig geknickt wird. Weiße Umschläge fallen zwar eher auf, neigen allerdings auch stärker dazu, schmuddelig auszusehen, bis sie ankommen. Benutzen Sie lieber die gewöhnlichen braunen Briefumschläge.
Selbstverständlich nehmen Sie ausschließlich Umschläge, die groß genug sind, um die Mappe ungeknickt hineinstecken zu können. Verwenden Sie bitte immer nur neue Umschläge. Das Wiederverwenden von Briefumschlägen spart zwar Ressourcen, macht aber keinen guten Eindruck und zeugt nicht gerade davon, dass Sie der Bewerbung einen hohen Stellenwert einräumen. Achten Sie darauf, dass der Umschlag fest verschlossen ist. Verzichten Sie andererseits darauf, den Umschlag mit einer Reihe von Klebestreifen zu versiegeln, an der jeder Brieföffner scheitert.

➲ *Benutzen Sie neue, braune, reißfeste, rückenverstärkte Umschläge im Format DIN A4, die sich fest verschließen lassen.*

Der Versand

Wenn Sie nicht zu einer besonderen Versandart aufgefordert werden, dann schicken Sie Ihre Unterlagen per Post an das Unternehmen, die Einschaltung von Kurierdiensten wirkt übertrieben. Ein normaler Brief reicht hierbei vollkommen aus, Einschreiben oder Einschreiben/Rückschein sind überflüssig, da Sie niemals Originale verschicken sollten, sondern immer nur Kopien. Auch Expresszustellungen sind unnötig, größere Unternehmen holen ihre Post ohnehin meist selbst ab.
Achten Sie darauf, dass der Umschlag ausreichend frankiert ist. Ein Unternehmen, das für Ihre Bewerbung Nachporto

entrichten muss, schließt daraus schnell auf mangelnde Sorgfalt und auf fehlendes Kostenbewusstsein Ihrerseits. Am besten, Sie kaufen Briefmarken und frankieren den Umschlag selbst. Ein mit vielen einzelnen Briefmarken zugekleisterter Umschlag sieht einfach bescheiden aus.
Achten Sie darauf, die vollständige und korrekte Adresse anzugeben. Sie können diese ohne weiteres von Hand auf den Umschlag schreiben, ein am PC ausgedruckter Aufkleber sieht natürlich professioneller aus. Denken Sie auch daran, Ihren Absender anzugeben! Er gehört der Vollständigkeit halber einfach mit zu einem kompletten Umschlag.

Checkliste für die schriftliche Bewerbung

Weißes DIN-A4-Papier benutzt?	
Farbband/Farbpatrone frisch?	
DIN 5008 beachtet?	
Alle Anlagen vorhanden?	
Anlagen richtig sortiert?	
Saubere Bewerbungsmappe benutzt?	
Anschreiben lose eingelegt?	
Reißfesten Umschlag benutzt?	
Umschlag fest verschlossen?	
Anschrift vollständig und korrekt?	
Absender vollständig und korrekt?	
Ausreichend frankiert?	

6. Kapitel

Wie wird ein Anschreiben erstellt?

Das Anschreiben ist so etwas wie eine Visitenkarte in einer etwas ausführlicheren Form. Sie haben hier die Gelegenheit, aber auch den Zwang, sich auf einer einzigen Seite vorzustellen und dem Unternehmen zu begründen, warum man gerade Sie zu einem näheren Kennenlernen einladen sollte. Es ist Ihre einzige Chance, ein Unternehmen davon zu überzeugen, dass Sie der oder die Richtige für die Ausbildung und den zukünftigen Einsatz in der Firma sind. Nutzen Sie diese Möglichkeit, um optimale Werbung für sich und Ihre Fähigkeiten zu machen.

Ihr Anschreiben kann entweder die Türe öffnen oder sie gleich wieder zuschlagen. Wenn es Ihnen nicht gelingt, den Adressaten in den ersten Zeilen zu überzeugen, dass es sich lohnt, Ihre Bewerbung zu lesen – besser noch, dass es unverantwortlich wäre, keinen Kontakt zu Ihnen aufzunehmen –, dann landen Sie auf dem großen Stapel der Absagen. Ein schlechtes Anschreiben führt in den meisten Fällen zu einer Absage. Vor allem dann, wenn eine Flut von Bewerbungen eingeht, macht sich der Leser nicht einmal mehr die Mühe, Ihren Lebenslauf oder die Zeugnisse näher zu begutachten. Gerade in Berufszweigen und bei Unternehmen, die in der Gunst der Ausbildungsplatzsuchenden ganz oben stehen, muss Ihr Anschreiben Sie auf einen der vorderen Plätze katapultieren.

Wenn Ihre Qualifikationen allerdings völlig neben dem liegen, was als Voraussetzung für die gewünschte Ausbildung gefordert ist, dann hilft Ihnen auch das beste Anschreiben nichts.

Benutzen Sie immer weißes DIN-A4-Papier für das Anschreiben. Falls Sie ein eigenes Briefpapier, eventuell sogar mit Ihren Angaben in einer Kopfzeile haben, können Sie auch dieses verwenden. Bei der Bewerbung um eine erste Ausbildung wirkt ein solches Briefpapier aber schnell überzogen.

Ein Anschreiben kann natürlich keine fehlenden Qualifikationen ersetzen oder schlechte Zeugnisse zu guten machen. Aber es ist Ihre einzige Möglichkeit, Ihre Zeugnisse zu kommentieren und sich sowie Ihre Eignung und die Gründe für den angestrebten Beruf zu präsentieren. Während Ihre Zeugnisse immer als Kopien beigelegt werden und Sie Ihren Lebenslauf im Prinzip nur einmal entwerfen müssen, muss das Anschreiben für jede neue Bewerbung wieder neu formuliert werden. Einmal erstellte Massenanschreiben, bei denen nur die Anschrift ausgetauscht wird, fallen geübten Lesern sofort durch mangelnden Bezug zum Unternehmen und gegebenenfalls auch zum Berufswunsch auf.

Noch ein Wort zum Thema »Selbst schreiben oder schreiben lassen?«. Natürlich bietet es sich an, Hilfe bei der Formulierung in Anspruch zu nehmen, sei es aus diesem Buch oder von anderen Menschen, die sich mit Bewerbungen auskennen. Hüten Sie sich aber davor, sich ein Anschreiben anfertigen zu lassen und es dann nur noch zu unterzeichnen. Falls der Stil, die Sprache oder die gemachten Aussagen nicht zu Ihnen passen, wird dies spätestens beim ersten Kontakt, egal ob am Telefon oder in einem persönlichen Gespräch, auffallen und zu unangenehmen Fragen führen. Gerade bei Bewerbungen Jugendlicher fallen ungewöhnliche Formulierungen oder ein altmodischer Stil besonders auf. Nichts gegen das Wissen der Eltern, aber wann haben sie das letzte Mal eine Bewerbung geschrieben? Auch wenn Sie das Anschreiben benutzen, um Werbung für sich zu machen, sollten Sie in den Aussagen über Kenntnisse und Fähigkeiten immer nur

so weit gehen, dass Sie sich noch wohl fühlen und die Behauptungen auch vertreten können.
Es spricht jedoch nichts dagegen, wenn Sie sich die Bewerbung, die Sie selbst formuliert haben, von jemand anderem abtippen lassen. Sinnvoll ist auf jeden Fall die Unterstützung von Dritten beim Korrekturlesen. Schreibfehler und ausgelassene Worte fallen einem selbst oft nicht auf, man weiß ja schließlich, was man schreiben wollte. Lassen Sie also möglichst immer jemanden gegenlesen, um Fehler zu korrigieren.

> ➲ *Ob es Ihnen nun gefällt oder nicht, für die Bewerbung und speziell für das Anschreiben gilt: Verwenden Sie immer die neue deutsche Rechtschreibung!*

Inhaltsangabe

Was muss nun alles in einem professionellen Anschreiben enthalten sein? Folgende Punkte gehören dazu:

- Ihr Name samt Anschrift und Telefonnummer, gegebenenfalls auch noch Ihre E-Mail-Adresse und falls nötig Ihre Mobilfunknummer
- Die vollständige und korrekte Anschrift des Unternehmens, möglichst mit Namensangabe des Empfängers
- Ort und Datum des Schreibens
- Der Bezug.
- Die Anrede
- Eine Einleitung
- Der Grund, warum Sie sich für diese Ausbildung und bei diesem Unternehmen bewerben
- Mindestens ein guter Grund, warum man gerade Sie einstellen soll. Anders ausgedrückt: der Nutzen, den Sie dem Unternehmen bieten können

- Spezielle Kenntnisse und Fähigkeiten, die sich aus dem Lebenslauf und den Zeugnissen vielleicht so nicht erkennen lassen
- Gute Begründungen für eventuelle Umwege in Ihrem Lebenslauf
- Ihr möglicher Starttermin
- Eine freundliche Aufforderung zur Kontaktaufnahme
- Eine Verabschiedung

Sie sehen, es handelt sich um eine Fülle von Angaben, die alle ihren entsprechenden Platz finden wollen. Und dann das Ganze auf einer DIN-A4-Seite untergebracht! Sie sind also gefordert, Ihr Anschreiben so zusammenzubauen, dass möglichst viele Informationen Platz finden. Trotzdem bzw. gleichzeitig soll das Anschreiben den Leser interessieren, ihm ein Bild von Ihrer Person vermitteln und ihn zu dem Entschluss bringen, dass es sich lohnt, Sie einzuladen. Doch keine Angst, mithilfe der folgenden Themenblöcke wird es Ihnen gelingen, ein faszinierendes Anschreiben zu entwerfen.

Bezug

Geben Sie immer an, worauf sich Ihr Schreiben bezieht. In vielen Fällen wird es sich um ein Ausbildungsangebot aus einer Zeitung handeln. Dann schreiben Sie dies bitte auch in Ihr Anschreiben. So kann der Empfänger auf den ersten Blick erkennen, dass es sich um Ihre Bewerbung um einen Ausbildungsplatz handelt. Beziehen Sie sich auf ein vorher geführtes Telefonat oder einen anderen Anlass, zum Beispiel eine Informationsveranstaltung an einer Schule, so geben Sie diesen an. Nennen Sie dabei auch immer das Datum des Gesprächs. Sollte sich Ihr Schreiben nicht an den damaligen Gesprächspartner wenden, dann nennen Sie auf jeden Fall seinen Namen.

Ist eine Anzeige der Grund Ihres Schreibens, dann nennen Sie immer den Namen der Zeitung, da überregionale Unternehmen oft in verschiedenen Blättern inserieren. Viele Tageszeitungen sind auch unter einem Namenskürzel bekannt, so zum Beispiel *SZ* für *Süddeutsche Zeitung* oder *FAZ* für *Frankfurter Allgemeine Zeitung*. Sie können diese Kürzel ohne weiteres verwenden, wenn es sich dabei um überregionale Zeitungen handelt oder ein regional ansässiges Unternehmen im Lokalblatt ein Angebot platziert hat. Gehen Sie aber davon aus, dass nur die großen überregionalen Zeitungen auch in den meisten Unternehmen bekannt sind. Denken Sie daran, dass der Empfänger nicht unbedingt auch die Person ist, die die Anzeige aufgegeben hat. Schreiben Sie also im Zweifelsfall lieber den Namen der Zeitung aus.

Geben Sie auch immer das Datum der Anzeige an. Sie machen es dem Empfänger dadurch leichter, Ihre Bewerbung zuzuordnen. Gerade größere Unternehmen bieten oft mehrere verschiedene Stellen in aufeinander folgenden Zeitungsausgaben an.

Zusätzlich zum Bezug auf den Ort der Stellenanzeige sollten Sie auch stets den Ausbildungsgang angeben, für den Sie sich bewerben. Manchmal finden Sie eine Anzeige, in der gleich mehrere, teilweise ganz verschiedene Ausbildungen angeboten werden. In größeren Firmen sind dann häufig verschiedene Mitarbeiter für die erste Durchsicht der Unterlagen zuständig.

Werden Sie in der Anzeige aufgefordert, sich unter Angabe einer Kennziffer zu bewerben, dann geben Sie diese bitte auch an. Meist ist das der Fall, wenn in einer großen Anzeige mehrere Positionen angeboten werden, und dient lediglich der einfacheren Zuordnung innerhalb des Unternehmens.

Ob Sie nun zuerst den Bezug zur Informationsquelle nennen oder erst den Ausbildungsberuf angeben, für den Sie sich bewerben, bleibt Ihrem persönlichen Geschmack überlassen.

Die Bezeichnungen »Bezug«, »Bez.« oder »Betreff« bzw. »Betr.« zu Beginn der Bezugszeile sind heute nicht mehr üblich. Verzichten Sie also darauf.

Anrede

Im Grunde genommen ist dies der einfachste Teil jedes Anschreibens. Kennen Sie Ihren Ansprechpartner nicht namentlich, dann greifen Sie auf die Standardformulierung »Sehr geehrte Damen und Herren« zurück. Nur wenn Sie sich absolut sicher sind, dass es in dem Unternehmen bzw. bei den Personen, die Ihr Anschreiben lesen werden, nur Herren oder nur Damen gibt, können Sie sich auch auf die Anrede »Sehr geehrte Damen« bzw. »Sehr geehrte Herren« beschränken. Aber selbst in Kosmetikfirmen finden Sie mit hoher Wahrscheinlichkeit auch Männer.

Besser und persönlicher wird Ihr Anschreiben immer dann, wenn Sie eine Person gezielt ansprechen können. Benutzen Sie in diesem Fall die Formulierung »Sehr geehrter Herr Bauer« oder »Sehr geehrte Frau Wagner«. Auch wenn Sie in Stellenanzeigen immer wieder den Namen eines Ansprechpartners unter Nennung des Vornamens finden, ist es nicht üblich, eine Anrede im Stil von »Sehr geehrter Herr Dieter Bauer« zu wählen. Hat Ihr Ansprechpartner einen Titel, zum Beispiel Doktor, Professor oder Diplom-Ingenieur, dann verwenden Sie diesen bitte auch. Der Titel wird immer vor dem Familiennamen genannt. Die gebräuchlichen Abkürzungen, wie Dr., Prof. oder Dipl.-Ing., dürfen Sie selbstverständlich schreiben.

Sollten Sie Ihre Bewerbung an eine kirchliche Institution richten oder Ihr Ansprechpartner einen Adelstitel als Namensbestandteil besitzen, greifen Sie lieber zu einem einschlägigen Werk, in dem die korrekten Anreden für diese

Personen beschrieben sind. Sehr gut eignet sich hier beispielsweise das Buch »Der neue Knigge«.

Einleitung

Alles, was oberhalb der Einleitung steht, sind mehr oder weniger Formalien. Jetzt erst wird sich zeigen, ob Ihr Schreiben in den »Papierkorb« wandert oder ob es auf dem Stapel für die Einladungen landet! Wie bei einem guten Buch geht es darum, den Leser anzusprechen und ihn zu motivieren, Ihr Schreiben bis zum Ende zu lesen.

Verzichten Sie grundsätzlich auf einen Beginn mit folgenden Floskeln: »bezugnehmend auf Ihre Anzeige im …« oder »unter Bezug auf unser Gespräch vom …« Diese Formulierungen sind altmodisch und heute einfach nicht mehr gebräuchlich, außerdem haben Sie den Bezug ja schon in der Bezugszeile genannt.

Starten Sie auch nicht mit den Worten »Hiermit bewerbe ich mich um die Ausbildung als …« Diese Information geht ebenfalls bereits aus der Bezugszeile hervor, interessiert den Leser somit nicht und kostet Sie wertvollen Platz.

Geschickt ist es auch, Teile der Anzeige aufzugreifen und um ein wichtiges, in der Anzeige jedoch nicht genanntes Kriterium zu erweitern. Also zum Beispiel auf eine Anzeige, in der ein sportlich engagierter Auszubildender zum Reise- und Verkehrskaufmann gesucht wird, folgenden Einstieg zu wählen: »Sie suchen einen sportlich engagierten Auszubildenden? Aufgrund meiner sportlichen Aktivitäten kann ich Ihnen dieses bieten. Ergänzt wird dies durch sehr gute Französisch-Kenntnisse aus einem Praktikumsaufenthalt in Frankreich.« Sie demonstrieren damit, dass Sie einerseits die Anzeige sorgfältig gelesen haben und andererseits durchaus in der Lage sind, etwas mehr zu bieten, als gefordert worden ist. Mit der zweiten Hälfte des obigen Satzes sind Sie bereits von der Einleitung zu dem

Bereich Ihrer Kenntnisse und Fähigkeiten, also des Nutzens für das Unternehmen, übergegangen. Zudem können Sie daran auch die Begründung Ihres Berufswunsches mit anschließen.

Begründung für den Berufswunsch

Jeder Ausbildungsbetrieb oder jede berufsausbildende Schule möchte natürlich wissen, warum Sie sich gerade für diesen Ausbildungsgang und somit letztlich für einen bestimmten Beruf bewerben.
Je besser und für einen Außenstehenden nachvollziehbarer Ihre Gründe sind, desto größer sind auch Ihre Chancen, zumindest zu einem ersten Gespräch eingeladen zu werden. Es lohnt sich also, wenn Sie sich Gedanken über Ihre Gründe machen!
Einen guten Ansatzpunkt liefern zunächst einmal die Kenntnisse und Fähigkeiten, die Sie bereits haben. Anders ausgedrückt: Was kann ich besonders gut?
Dabei kann es sich um herausragende Leistungen in bestimmten Schulfächern handeln, zum Beispiel um ein Talent für Fremdsprachen oder ein gutes Zahlenverständnis. Diese Fähigkeiten spiegeln sich schließlich auch in den Schulnoten wider und unterstützen Ihre Begründung.
Fertigkeiten im technischen, handwerklichen oder künstlerischen Bereich, egal ob in der Schule oder als Hobby erworben, sind ebenfalls gute Gründe für den Wunsch nach einer Ausbildung, in der Sie diese auch einsetzen können.
Obwohl es nur selten gelingt, dass jemand sein Hobby zum Beruf macht, unmöglich ist es auf keinen Fall. Kenntnisse und Fertigkeiten, die in der Freizeit erworben worden sind, können durchaus als Neigung zu diesem Berufzweig genannt werden. Ein altbekanntes Beispiel hierfür sind Kfz-Mechaniker. Viele von ihnen haben schon vor einer Ausbildung Fahrzeuge repariert oder restauriert.

Neben den Gründen, die in der Vergangenheit liegen, spielen auch Ihre Wünsche und Ziele eine große Rolle bei der Begründung für einen bestimmten Ausbildungsberuf. Die Antworten auf die Fragen »Was will ich?« und »Warum will ich es?« geben häufig gute Beweggründe für die Wahl des Berufs an. Denken Sie aber immer daran: Es sollten schon Ihre eigenen Gründe sein, ganz besonders wenn es sich um Trendberufe handelt. Wenn Ihre beste Freundin einen bestimmten Beruf erlernen will und Sie deren Gründe übernehmen, wird dies spätestens in einem persönlichen Gespräch auffallen und Ihnen Minuspunkte einbringen.
Vor allem wenn Sie einen Wechsel Ihrer Ausbildungsrichtung vornehmen, sind gute Gründe gefragt. Selbst die Insolvenz eines Betriebs reicht nicht als Grund dafür aus, dass Sie jetzt einen vollkommen anderen Beruf lernen wollen. Gehen Sie immer davon aus, dass Sie gefragt werden, wie lange es wohl dauern wird, bis Ihnen auch der neue Ausbildungsberuf nicht mehr gefällt.

Gute Begründungen für Ihren Berufswunsch sind immer mit Nachweisen verbunden. Dabei ist es nicht wichtig, ob diese aus dem schulischen Bereich, Ihrem Hobby oder einem sozialen Engagement entspringen.

Kenntnisse und Fähigkeiten

Da Ihrem Anschreiben grundsätzlich ein Lebenslauf beigelegt ist, kann ein potenzieller Ausbilder sich daraus ein Bild machen, welche Kenntnisse und Neigungen Sie haben. Aber Zeugnisse und Zertifikate sind meist zu allgemein gehalten, um ihnen spezielles Wissen zu entnehmen. Machen Sie es dem Leser so einfach wie möglich und nutzen Sie jetzt

die Gelegenheit, die Punkte anzuführen, die über das hinausgehen, was für Ihr Alter oder Ihre bisherige schulische Laufbahn typisch und zu erwarten ist.
Haben Sie bereits eine Ausbildung absolviert oder aus anderen Jobs Erfahrungen im Berufsleben gesammelt, dann ist hier der richtige Platz, um darauf einzugehen. Verzichten Sie bitte darauf, die Aufgaben aufzuzählen oder Kenntnisse zu nennen, die ohnehin allgemein als typisch für Ihre bisherige Tätigkeit angesehen werden. Nutzen Sie lieber die Möglichkeit, Erfolge, Verantwortung und Kompetenz oder erfolgreich bewältigte Herausforderungen zu erwähnen. Damit zeigen Sie, dass Ihnen auch besondere Leistungen zugetraut werden. Bleiben Sie mit Ihren Behauptungen immer an der Realität. Es schadet ganz sicher nicht, wenn Sie in dem ein oder anderen Punkt im Sinne von Werbung ein wenig übertreiben. Achten Sie aber stets darauf, dass Ihre Angaben mit den Fakten aus dem Lebenslauf und den Zeugnissen übereinstimmen. Denken Sie auch daran, dass man Sie im Falle einer Einstellung an Ihren Behauptungen messen wird.
In erster Linie verschaffen Ihnen natürlich die Kenntnisse und Fähigkeiten einen Vorteil, die einen direkten Bezug zum Ausbildungsberuf haben. Aber auch andere Fähigkeiten, die etwas über Ihre Einsatzbereitschaft oder Ihren Lernwillen aussagen, machen sich positiv bemerkbar. Handelt es sich um Ihre erste Ausbildung nach einer Schule, wird ganz sicher keine Berufserfahrung vorausgesetzt. Haben Sie bereits einen Beruf erlernt oder ein Studium abgeschlossen, dann wird man mit Recht ein wenig mehr von Ihnen erwarten als nur Schulkenntnisse.

Fehlende Erfahrungen und Abschlüsse

Viele Anzeigen und Ausschreibungen für Ausbildungsplätze aller Art verlangen heute ganz bestimmte Schulabschlüssen, oft verbunden mit Sprachkenntnissen und teilweise sogar speziellen Praktika. Gehen Sie immer davon aus, dass ein Unternehmen in einer Anzeige seine Wunschvorstellungen formuliert. Wenn Sie die Mehrzahl der genannten Kriterien erfüllen können, dann bewerben Sie sich getrost auf die Anzeige. Liegen allerdings ganze Welten zwischen dem, was Sie bieten können, und dem, was das Unternehmen fordert, lohnt sich der Aufwand einer Bewerbung meist nicht. Überprüfen Sie gegebenenfalls dann noch einmal Ihren Traumberuf.

Da immer neue Berufsbilder und somit Ausbildungen entstehen, kann es passieren, dass Ihre Vorbildung plötzlich nicht mehr in das Raster passt und Sie Ihre Berufsrichtung vielleicht sogar ändern müssen.

Gerade im Bereich der EDV- und Sprachkenntnisse sind die einzelnen Abstufungen von »perfekt« bis »Grundkenntnisse« weitgehend eine Frage der persönlichen Einschätzung. Wenn Sie eine Sprache oder ein Programm Ihrer Meinung nach gut beherrschen, dann sagen Sie das auch. Wo die Grenze zwischen »gut« und »perfekt«, zwischen »sehr gut« und »fließend« verläuft, lässt sich ohnehin erst in einem Gespräch oder einem praktischen Test herausfinden.

➲ *Es wirkt immer positiv, wenn Sie fehlende Kenntnisse zugeben und gleichzeitig Ihre Bereitschaft zur Weiterbildung demonstrieren.*

Starttermin

Egal, ob Sie nun bereits in einer Anzeige danach gefragt worden sind oder ob das Thema des Starttermins seitens des Unternehmens noch gar nicht angesprochen worden ist: Ihren möglichen ersten Arbeits- bzw. Ausbildungstag sollten Sie unbedingt nennen. Die meisten Firmen haben sich mit dem Beginn der Ausbildungen zwar an die Endtermine von Schulen und Hochschulen angepasst, aber eine Klarstellung Ihres individuell möglichen Beginns schadet ganz sicher nicht.

Teilen Sie am Ende Ihres Anschreibens einfach in einem Satz mit, wann Sie anfangen können. Gut eignen sich hier Formulierungen wie: »Ich könnte am 01.09.2003 meine Ausbildung bei Ihnen beginnen.« Manchmal bietet Ihr früher Starttermin Ihnen auch die Chance, bereits vor der Ausbildungszeit im neuen Unternehmen zu jobben oder zumindest einmal hineinzuschnuppern.

Sollten Sie sofort anfangen können, teilen Sie mit: »Ich stehe Ihnen kurzfristig zur Verfügung« oder »Wenn Sie einen Auszubildenden mit kurzfristigem Starttermin suchen, freue ich mich auf Ihre Nachricht.« Damit haben Sie den Starttermin gleich mit einem Schlusssatz verbunden.

Wenn Sie aus einem bestehenden Arbeitsverhältnis heraus wechseln und eine Ausbildung beginnen wollen, gehen Sie bei der Berechnung des möglichen ersten Arbeitstages immer von der gesetzlichen bzw. vertraglich vereinbarten Kündigungszeit aus. Über ein früheres Ausscheiden können Sie immer noch verhandeln, wenn Sie eine feste Zusage eines neuen Arbeitgebers haben. Spekulieren Sie nicht darauf, dass Sie früher aufhören können, »weil das in der Firma so üblich ist«. Es könnte sein, dass es ausgerechnet für Sie nicht gilt.

Schlussformel

Nachdem Sie einen hervorragenden Start hingelegt haben und auch in jeder einzelnen Etappe des Anschreibens ganz vorne lagen, geht Ihnen jetzt die Luft aus. Leider passiert dies in Bewerbungsschreiben häufig, weil der Schreiber – froh darüber, endlich an das Ende gekommen zu sein – nun einen schwachen Abgang hinlegt. Verwenden Sie auf die letzten Zeilen genauso viel Mühe wie auf den bisherigen Text!
Vermeiden Sie die abgedroschenen Sätze wie: »Gerne würde ich bei Interesse wieder von Ihnen hören.« Diese Formulierung ist einfach zu schwammig, genauso wie Ihre angekündigte Freude über eine mögliche positive Rückmeldung.
Werden Sie noch einmal aktiv und verabschieden Sie sich mit konkreten Vorschlägen zum weiteren Vorgehen.

Besonderheiten bei Kurz- und Initiativbewerbungen

Das charakteristische Kennzeichen einer Kurzbewerbung ist, wie der Name bereits sagt, ihre Kürze, denn sie besteht nur aus einem Anschreiben und dem Lebenslauf. Auf Zeugnisse und weitere Unterlagen wird hierbei also verzichtet.
Für eine Kurzbewerbung gibt es drei gute Gründe:

1. Manche Unternehmen fordern Sie auf, nur eine solche abzugeben. Sie wollen sich damit einen ersten Überblick verschaffen, ohne sich mit einer Flut von Papier zu beschäftigen.
2. Sie suchen dringend einen Ausbildungsplatz und wollen oder müssen sich bei möglichst vielen Firmen bewerben, ohne gleich überall Ihre Zeugnisse zu verteilen und viel Geld zu investieren.

3. Sie sind sich nicht sicher, welche Unternehmen in Ihrem Traumberuf ausbilden, und wollen Telefonate vermeiden.

Aufgrund der fehlenden Zeugnisse kann sich der Leser natürlich nur schwer ein Bild von Ihnen machen. Umso wichtiger ist hier das Anschreiben, in dem Sie sich und Ihre Leistungsbereitschaft darstellen. Dieser Bereich nimmt also einen größeren Schwerpunkt ein als in einer »normalen« Bewerbung. Wenn Sie bereits eine Ausbildung oder irgendeine Form einer Weiterbildung absolviert haben, kann es passieren, dass Ihnen eine Seite nicht mehr ausreicht. Bei einer Kurzbewerbung darf das Anschreiben aus zwei Seiten bestehen, versuchen Sie aber, die zweite Seite nur zur Hälfte zu beschreiben. Längere Briefe sollten Sie auch hier vermeiden, denn zu viel Papier schreckt den Leser eher ab.
Achten Sie darauf, dass Ihre Aussagen mit Ihren Zeugnissen übereinstimmen. Denn spätestens bei Interesse wird das Unternehmen Sie auffordern, weitere Unterlagen einzureichen oder zu einem Gespräch mitzubringen. Sollten sich dann gravierende Abweichungen ergeben, wird das Gespräch sehr schnell beendet sein – meist schon, bevor es überhaupt richtig begonnen hat.

Bei einer Initiativ- oder Blindbewerbung müssen Sie zwar nicht unbedingt Zeugnisse beilegen, ich empfehle es Ihnen aber trotzdem, damit sich der Leser so leicht wie möglich ein Bild von Ihnen machen kann. Aber gleichgültig ob nun mit oder ohne Zeugnisse, es kommt hier darauf an, den Empfänger zum Lesen zu ermuntern und ihn zu überzeugen, dass Sie der richtige Bewerber sind.
Ihr Anschreiben muss alle wichtigen Informationen über Sie enthalten, also sachlich korrekt sein. Gleichzeitig müssen Sie richtig gute Werbung für sich selbst betreiben, um überhaupt eine Chance zu haben. Stellen Sie deshalb den Nutzen für das Unternehmen, Ihre besonderen Kenntnisse und den Vorteil, den Sie der Firma bringen können, in den Vorder-

grund. Versuchen Sie immer, eine Verknüpfung zwischen Ihren Fähigkeiten und dem Nutzen für das Unternehmen herzustellen.
Wenn eine Seite zu knapp ist, dann benutzen Sie auch hier ein zweites Blatt, das Sie möglichst nur zur Hälfte beschreiben. Nutzen Sie am Ende der Bewerbung immer die Chance, den Leser zu einer weiteren Kontaktaufnahme zu ermuntern.

Für Kurz- und Initiativbewerbungen gilt ganz besonders: Machen Sie Werbung für die Leistungen, die Sie bringen können und wollen.

Musteranschreiben

Um Ihnen eine Vorstellung zu geben, wie ein Anschreiben aussehen sollte, finden Sie auf der nächsten Seite ein Beispiel:

Musteranschreiben in Anlehnung an DIN 5008

Vor- und Nachname
Straße Hausnummer
Postleitzahl Ort
(Vorwahl) Rufnummer
.
.
Firmenname
Abteilung
Herr/Frau Name
Straße Hausnummer
.
Postleitzahl Ort
.
.
Ihr Ausbildungsangebot »Fachfrau Systemgastronomie« in der FAZ vom 27.04.2003
.
.
Sehr geehrte Frau/Sehr geehrter Herr
.
Textbeginn
.
.
.
.
.
.
.
.
Textende
.
Grußformel
.
.
eigenhändige Unterschrift
.
Anlagen:

Ort, Datum

So kann ein gut gemachtes Anschreiben aussehen:

Brigitte Roth
Rosenstraße 3
10099 Berlin
(030) 1 23 45 67
brigitte.roth@xyz.de

Berlin, 15. Januar 2003

ABC Möbelfabrik
Herr Dieter Kuntze
Buchenweg 17

10365 Berlin

Bewerbung als Bürokauffrau
Ihr Ausbildungsangebot in der Berliner Zeitung vom 11.01.2003

Sehr geehrter Herr Kuntze,

mit Interesse habe ich Ihre Anzeige gelesen. Die Chance, meinen Wunschberuf bei einem Möbelhersteller zu lernen, hat mich sehr angesprochen. Da meine Schwester ebenfalls Bürokauffrau gelernt hat, weiß ich schon gut über diese Tätigkeit Bescheid, denn sie hat mir viel davon erzählt. Auch bei der Berufsberatung habe ich mich über das Arbeitsfeld der Bürokauffrau informiert und dies hat meinen Wunsch noch verstärkt.

Ich besuche zurzeit die Wirtschaftsschule, die ich voraussichtlich im Juni nächsten Jahres mit dem Realschulabschluss beenden werde. Dort habe ich mir bereits Kenntnisse in Buchhaltung, Maschinenschreiben und EDV angeeignet. Mit den gängigen MS-Office-Anwendungen bin ich ebenfalls vertraut, denn ich besitze einen eigenen PC.

Meine besondere Stärke liegt im Organisieren und ich fühle mich wohl in einem Team. Ich spiele seit über fünf Jahren im Kreuzberger Damenhockey-Team und helfe in der Mitgliederverwaltung mit. Außerdem arbeite ich in meiner Freizeit für unsere Schulzeitung, für die ich Artikel recherchiere und verfasse.

Ich würde mich freuen, wenn ich Ihr Interesse geweckt habe. Gerne stehe ich Ihnen zu einem persönlichen Gespräch zur Verfügung.

Mit freundlichen Grüßen

Unterschrift

Heinrich Huber
Badstraße 17
81564 München

Bäckerei Müller
Brotweg 5

81735 München

Ihre Anzeige in der Stadtzeitung

Sehr geehrte Damen und Herren,

hiermit bewerbe ich mich um die angebotene Ausbildung.

Ich kann mir gut vorstellen, dass mir der Beruf viel Spaß machen würde, und freue mich auf eine Einladung zu einem Gespräch.

Mit freundlichen Grüßen

Unterschrift

So sollte Ihr Anschreiben nicht aussehen. Bereits das Datum fehlt und erweckt schon den Eindruck mangelnder Sorgfalt. Auch eine Telefonnummer, unter der man den Bewerber erreichen kann, ist nicht vorhanden. Weder gibt er an, welche Stelle bzw. Ausbildung in der Stadtzeitung angeboten worden ist, noch nennt er das Erscheinungsdatum. Da er offensichtlich wenig Mühe in die Vorbereitung gesteckt hat, fehlt auch ein konkreter Ansprechpartner. Im ersten Satz gibt es für den Leser keine Information, für welche Ausbildung die Bewerbung gedacht ist. Außerdem macht diese Einleitung wenig Lust, weiterzulesen. Welcher Beruf würde ihm Spaß

machen? Und warum kann er es sich zwar vorstellen, ist sich aber wohl nicht sicher? Selbst wenn ihn die Bäckerei jetzt einladen wollte, unter welcher Telefonnummer?
Bei diesem Schreiben ist nur eines sicher: die prompte Absage!

Checkliste für das Anschreiben

DIN 5008 beachtet?	
Absender komplett angegeben	
Ort und Datum genannt?	
Vollständige Anschrift?	
Konkreter Ansprechpartner?	
Bezug angegeben?	
Korrekte Anrede (mit Titel)?	
Starke Einleitung?	
Voraussichtlichen Schulabschluss	
mit Termin genannt?	
Kenntnisse und Fähigkeiten genannt?	
Berufswunsch begründet?	
Fehlende Kenntnisse positiv dargestellt?	
Lücken im Lebenslauf begründet?	
Starker Schluss?	
Korrektur gelesen?	

7. Kapitel

Was soll ich in meinem Lebenslauf schreiben?

Zu jeder vollständigen Bewerbung – und nur solche haben die Chance, auch gelesen zu werden – gehört ein Lebenslauf. In ihm stellen Sie Ihren Werdegang von der Schule bis zum jetzigen Zeitpunkt dar. Damit geben Sie dem Leser die Chance, das Bild, das er durch Ihr Anschreiben gewonnen hat, weiter auszubauen und mehr über Sie zu erfahren. Natürlich wird der Lebenslauf auch dazu benutzt, um ihn mit Ihren Angaben aus dem Anschreiben und Ihren Zeugnissen abzugleichen.

Versuchen Sie immer, Ihren Lebenslauf auf einer einzigen Seite unterzubringen. Der Leser soll sich ja einen schnellen Überblick über Sie und Ihre Geschichte verschaffen können. Normalerweise ist das gerade bei Berufsanfängern kein Problem. Haben Sie in Ihrem bisherigen Leben sehr viele Stationen durchlaufen, zum Beispiel mehrere Schulen besucht aufgrund von Ortswechseln der Eltern, verschiedene Ausbildungen absolviert, dazu noch mehrere Sprachen erlernt und eine Anzahl von Fortbildungen abgeschlossen, reicht Ihnen möglicherweise diese eine Seite nicht aus. Bevor Sie nun einen mehrseitigen Lebenslauf verfassen, trennen Sie das Ganze lieber in zwei »Lebensläufe«. Stellen Sie in einem Lebenslauf Ihre Herkunft und die Ausbildung dar und verfassen Sie ein neues Blatt mit dem Titel »Beruflicher Werdegang«, in dem Sie Ihre Karrierestationen und die Fortbildungen aufzählen. So bleibt die Übersichtlichkeit gewahrt und der Leser kann sich je nach Schwerpunkt auf eines der beiden Blätter konzentrieren.

Heute ist der tabellarische Lebenslauf die übliche Form. Wenn also nicht ausdrücklich etwas anderes angegeben ist, dann benutzen Sie bitte auch diese Darstellung. Nur wenn Sie dazu aufgefordert werden, einen ausführlichen Lebenslauf in Berichts- oder Aufsatzform beizufügen, weichen Sie vom tabellarischen Lebenslauf ab. Erstellen Sie sich trotzdem zuerst einen tabellarischen Lebenslauf und bauen Sie dann Ihre Daten in den Text ein. Auch bei einem Lebenslauf in Berichtsform müssen natürlich die Daten korrekt sein.
Lebensläufe werden heute meist am PC erstellt oder zumindest mit der Schreibmaschine geschrieben. Manche Unternehmen fordern Sie allerdings zur Abgabe eines handgeschriebenen Lebenslaufes auf. In diesem Fall bleibt Ihnen nichts anderes übrig, als von Hand zu schreiben.
Benutzen Sie für einen Lebenslauf grundsätzlich weißes Papier im Format DIN A4. Falls Sie ein Briefpapier mit Ihren Angaben in einer Kopfzeile haben, verzichten Sie für den Lebenslauf trotzdem darauf. Ein leeres Blatt wirkt besser und bietet Ihnen mehr Platz, um Ihre Angaben unterzubringen.
Wenn Sie sich einmal die Arbeit machen, Ihren eigenen Lebenslauf sorgfältig zu entwerfen, dann können Sie diesen als Basis benutzen und brauchen ihn nur noch an die jeweilige Stellenanzeige oder das Anforderungsprofil anzupassen.

Aufbau und Inhalt

Grundsätzlich werden die Daten in einem Lebenslauf chronologisch angeordnet, beginnend mit Ihrer Schulausbildung. Ein tabellarischer Lebenslauf enthält, von oben nach unten gesehen, folgende Informationen:

- Die Überschrift. Sie lautet stets »Lebenslauf«.
- Personalien: Nennen Sie immer den Vor- und den Familiennamen. Steht der Vorname an zweiter Stelle, dann müssen Sie nach dem Familiennamen ein Komma einfü-

gen. Verheiratete Frauen können ihren Mädchennamen zusätzlich angeben, müssen dies aber nicht tun. Auf Ihre Adresse können Sie verzichten, da sich diese bereits im Anschreiben findet. Falls Sie – als Berufsanfänger – Schwierigkeiten haben, das Blatt zu füllen, dann wiederholen Sie hier Ihre Anschrift.

- Geburtsdatum und -ort: Geben Sie bei kleineren Orten am besten das Bundesland mit an, um dem Leser die Einordnung zu erleichtern. Falls Sie im Ausland geboren sind, nennen Sie bitte immer auch das Land. Ob Sie das Datum und den Ort in eine oder in zwei Zeilen schreiben, bleibt Ihnen überlassen. Wenn Sie allerdings nur wenig Daten haben, können Sie durch die Aufteilung in zwei Zeilen das Blatt optisch besser füllen.
- Familienstand: Bei Minderjährigen macht diese Angabe keinen Sinn. Geben Sie hier nur ledig oder verheiratet an, wenn Sie bereits volljährig sind. Weitere Details, wie verlobt oder in Scheidung lebend, haben hier nichts zu suchen.
- Schulischer Werdegang: Sie können diesen Bereich auch einfach als »Schulausbildung« oder »Schulen« bezeichnen. Setzen Sie zuerst die Datumsangaben ein, wobei es ausreicht, den Monat und das Jahr zu nennen. Geben Sie dann die Art, den Namen und den Ort der Schule an.
- Wehr- oder Zivildienst: Sollten Sie diesen abgeleistet haben, fügen Sie den Block nun ein. Geben Sie bei Ihrem Wehrdienst an, wann dieser war und bei welchem Truppenteil. Im Falle von Zivildienst nennen Sie neben dem Zeitraum auch die Art und den Ort Ihrer Tätigkeit. Behalten Sie die Gründe, warum Sie sich für den Wehr- oder den Zivildienst entschieden haben, für sich. Notfalls können Sie in einem Gespräch darauf eingehen, der Lebenslauf ist jedoch nicht der richtige Platz dafür. Haben Sie während dieser Zeit irgendwelche Qualifikationen erworben, die beruflich nutzbar oder zumindest erwähnenswert sind, dann nennen Sie diese gleich hier.

- Studium: Sollten Sie erst nach einem Studium eine Ausbildung machen wollen, geben Sie den Zeitraum, den Studiengang, den Studienort und die Examensnote an.
- Berufsausbildung: Wenn Sie bereits eine erste Berufsausbildung absolviert haben, bauen Sie diese der Chronologie folgend nun ein. Nennen Sie den Zeitraum, den Ausbildungsberuf, den Namen des Ausbildungsbetriebes und den Ort. Um zu verdeutlichen, dass Sie die Ausbildung erfolgreich abgeschlossen haben, sollten Sie immer anfügen »mit Abschluss« oder »mit Gesellenbrief«. Haben Sie mehr als eine Ausbildung absolviert, zum Beispiel eine technische und dann eine kaufmännische Lehre, so geben Sie beide an. Damit vermeiden Sie Lücken im Lebenslauf und demonstrieren Kompetenz und Weitblick. Sollten Sie eine Ausbildung abgebrochen haben, so geben Sie auch das an. Eine Änderung der Richtung ist keine Schande, Sie sollten sich die Begründung aber lieber für ein Gespräch aufheben, denn im Lebenslauf reicht der Platz dafür nicht aus. In Ihrem Anschreiben sollte sich jedoch eine kurze Begründung dafür finden.
- Berufspraxis: Sofern Sie in einem Beruf bereits gearbeitet haben, fügen Sie das jetzt ein. Nennen Sie die Zeiträume, entweder tagesgenau oder mit Monatsangabe, Ihre Position, den Namen und den Ort des Arbeitgebers. Oft wird empfohlen, auch eine knappe Tätigkeitsbeschreibung einzubauen. Ich rate Ihnen dringend davon ab, denn weder reicht der Platz dafür, noch verbessern Sie dadurch die Übersichtlichkeit. In diese Rubrik gehören auch Zeiten der Arbeitslosigkeit. Geben Sie den Grund der Arbeitslosigkeit nur an, wenn Sie unverschuldet betroffen waren. Dies könnte so aussehen: »01.01.2003 – 31.03.2003 arbeitslos wegen Unternehmenskonkurs«.
- Weiterbildung: Hier können Sie nun zusätzliche Qualifikationen aufzählen, die Ihren Lernwillen und Ihre Berufskompetenz hervorheben. Nennen Sie den Zeitraum, die Qualifikation, den Träger der Fortbildung und den

Ort. Auch berufsbildende Maßnahmen sollten Sie aufführen, an denen Sie im Anschluss an die Schulzeit teilgenommen haben.

- Sprachen: Sofern Sie Fremdsprachen beherrschen, nennen Sie diese und geben Sie auch den Beherrschungsgrad an. Die Fähigkeit, eine Fremdsprache zu sprechen, gilt noch immer als ein Kriterium für gute Bildung und ist somit für Ihre Bewerbung nützlich. Selbst wenn in der Stellenanzeige keine Rede davon war, schadet die Aufzählung Ihrer Fremdsprachenkenntnisse nicht und kann Ihnen vielleicht zusätzliche Möglichkeiten eröffnen.
- Besondere Kenntnisse: Haben Sie in der Praxis spezielle Fertigkeiten erlernt, die dem Unternehmen einen zusätzlichen Nutzen versprechen und die Sie von anderen Bewerbern abheben, nennen Sie diese. Beispielsweise kann es sich um besondere Programmierkenntnisse oder nachweisbare handwerkliche Fähigkeiten handeln. Sie können diesen Punkt auch mit Ihren Fremdsprachen zusammenfassen und sich auf die Überschrift »Besondere Kenntnisse« beschränken.
- Berufsziel oder Berufswunsch: Geben Sie, auch um den Platz zu füllen, an, welchen Beruf Sie erlernen wollen. Diese Angabe trägt mit dazu bei, Ihren Lebenslauf individueller zu gestalten.
- Letzte Zeile: Einen Lebenslauf sollten Sie immer mit Ihrer Unterschrift abschließen. Dies zeigt, dass Sie für den Inhalt gerade stehen. Die meisten Unternehmen sehen es auch gerne, wenn Ihr Lebenslauf mit der Angabe von Ort und Datum versehen wird. Benutzen Sie dazu lieber den PC oder eine Schreibmaschine und schreiben Sie diese Angabe nicht von Hand. Auch wenn Sie diesen Lebenslauf im Falle einer Absage nicht mehr verwenden können, entsteht durch die Datumsangabe der Eindruck eines individuell erstellten Lebenslaufes. Nutzen Sie diese Chance, dem Unternehmen zu zeigen, wie viel Mühe Sie sich machen.

Zusatzinformationen

Es gibt nur einige wenige Angaben, die – zusätzlich zu den oben genannten Punkten – in einem Lebenslauf sinnvoll sind.

- Eltern: Während es bei jugendlichen Bewerbern üblich ist, die Namen der Eltern anzuführen, da diese als Erziehungsberechtigte einen Ausbildungsvertrag unterzeichnen müssen, ist diese Angabe bei Erwachsenen überflüssig. Verzichten Sie darauf, den Beruf oder die Arbeitslosigkeit der Eltern zu erwähnen! Ebenso sollten Sie, abgesehen vom Familienstand, keine Angaben zu Ihrem Ehe- oder Lebenspartner machen.
- Staatsangehörigkeit: Im Normalfall kann darauf verzichtet werden, die Staatsangehörigkeit zu erwähnen. Bewerben Sie sich jedoch im Ausland, dann geben Sie sie an. Eine eventuell bereits vorliegende Aufenthalts- und Arbeitsgenehmigung können Sie im Anschreiben anführen. Multikulti hin oder her, wenn Sie als deutscher Staatsbürger einen ausländischen Namen haben, kann es durchaus sinnvoll sein, Ihre Staatsangehörigkeit anzugeben.

Was gehört nicht in den Lebenslauf?

Nachfolgende Punkte haben in einem Lebenslauf nichts verloren, Sie gehören zu Ihrem Privatleben:

- Gesundheit: Lassen Sie diesen Punkt aus dem Lebenslauf heraus. In einem Vorstellungsgespräch wird man Sie eventuell danach fragen.(Informationen, wie Sie sich dann verhalten sollten, finden Sie im 10. Kapitel.)
- Geschwister: Die Angaben zu Geschwistern haben mit Ihrem Lebenslauf nichts zu tun, zumal sich daraus auch kein Bezug zu einer eventuellen Einstellung oder Ihrer Person erkennen lässt.

- Religionszugehörigkeit: Dies ist Ihre Privatangelegenheit. Bewerben Sie sich allerdings bei einer kirchlichen Institution, müssen Sie Ihre Konfession angeben. In einer Stellenanzeige wird dies übrigens meist etwas umständlich formuliert, zum Beispiel als: »Die Übereinstimmung mit den Zielen und Werten der katholischen Kirche wird vorausgesetzt.«
- Mitgliedschaften: Ob Sie nun Mitglied in einer Partei, einer Gewerkschaft oder in einem Verein sind, ist Ihre persönliche Angelegenheit. Auch hier gibt es natürlich eine Ausnahme: Wenn Sie sich bei dieser Partei, der Gewerkschaft oder dem Verein bewerben, sollten Sie Ihre Zugehörigkeit angeben. Sie stellt dann einen nicht unerheblichen Pluspunkt dar.
- Hobbys: Im Grunde genommen sind Ihre Hobbys selbstverständlich Ihre Privatsache. Wenn Sie sich als Berufsanfänger bewerben, kann die Angabe von ein oder zwei Hobbys helfen, den Platz in Ihrem Anschreiben zu füllen. Vorsicht bei Extremsportarten! Diese werden oft mit Leichtsinn, Übermut und hohem Verletzungsrisiko gleichgesetzt und schrecken einen Arbeitgeber eher ab. Wenn Sie sich jedoch zum Beispiel bei einem Sportgeschäft oder einem Sportartikelhersteller bewerben, ist die Nennung von Sportarten als Hobby durchaus förderlich, speziell dann, wenn es einen Zusammenhang zum Berufswunsch oder dem hergestellten Produkt gibt. In praktisch jedem Vorstellungsgespräch taucht die Frage nach Ihren Hobbys an irgendeiner Stelle ohnehin wieder auf.

Vollständigkeit

Potenzielle Arbeitgeber suchen in einem Lebenslauf vor allem nach dem roten Faden, also einer Kontinuität und einer erkennbaren Zielrichtung. Ein Richtungswechsel gleich zu Beginn Ihrer Ausbildung wird meist noch als Jugend-

sünde abgetan. Nachvollziehbare Gründe für einen Wechsel der Ausbildungsrichtung sind auch Unternehmenskonkurse oder das Sterben eines ganzen Industriezweiges in einer Region, wie es beim Bergbau der Fall war.
In allen anderen Fällen müssen Sie im Anschreiben eine Erklärung für Ihren Richtungswechsel angeben. Auch Unterbrechungen der Karriere, wie Unfälle oder längere Krankheiten, liefern verwertbare Aussagen. Sind Sie danach beruflich wieder auf die Füße gekommen, so spricht dies für Ihre Beharrlichkeit und Zielstrebigkeit und zeigt an, dass Sie Schwierigkeiten meistern können.
Wer häufig mit Lebensläufen zu tun hat, entwickelt auch einen Blick für Lücken. Jede Zeitspanne, die Sie nicht erwähnen, fällt auf und wird mit einem Fragezeichen markiert. Versuchen Sie, wirklich einen lückenlosen Lebenslauf zu erstellen und Leerzeiten, die über einen ausgedehnten Urlaub hinausgehen, zu begründen. Schnelle Wechsel, verbunden mit kurzen Lücken, sind für den Beginn einer Karriere durchaus typisch und schlagen nicht negativ zu Buche. Ziehen sich bei Ihnen jedoch unterschiedliche Ausbildungsrichtungen wie ein roter Faden durch Ihr bisheriges Leben, wird man Sie als unzuverlässigen Kandidaten betrachten, dem alle paar Wochen etwas Neues einfällt, der schnell die Lust verliert oder nicht das hält, was er in seinen Unterlagen und in einem Gespräch verspricht.

Wahrheit

Grundsätzlich müssen Sie in Ihrem Lebenslauf natürlich bei der Wahrheit bleiben. Das Verschweigen von Umständen, die einen erheblichen Hinderungsgrund für eine Einstellung dargestellt hätten, kann zur fristlosen Kündigung und unter Umständen auch zu Schadensersatzforderungen führen. Trotzdem sollten Sie sich aber auch so positiv wie nur irgend möglich darstellen, um die Chance zu einem

Vorstellungsgespräch zu erhalten. Wenn Sie Veränderungen an Ihrem Lebenslauf vornehmen, wandern Sie also auf einem schmalen Grat. Auch nach einer Einstellung kann es für Sie sehr unangenehm werden, wenn die Wahrheit eines Tages ans Licht kommt und man Sie beim Schwindeln ertappt hat.
Achten Sie zunächst einmal darauf, dass sich Ihre Angaben und Behauptungen mit den Aussagen Ihrer Zeugnisse decken. Grobe Ungereimtheiten fallen meist sehr schnell auf und führen umgehend zu einer Absage. Behaupten Sie niemals, Dinge getan zu haben oder Kenntnisse zu besitzen, von denen Sie keinen blassen Schimmer haben. Damit erleben Sie in einem Gespräch mit ziemlicher Sicherheit eine Bruchlandung und man wird Sie schnell verabschieden.
Wesentlich geschickter gehen Sie vor, indem Sie eher Dinge weglassen, als andere hinzuzudichten.

Handgeschriebene Lebensläufe

Obwohl in der Regel Lebensläufe mit der Maschine oder am PC geschrieben werden, gibt es noch immer Firmen, die einen handschriftlichen Lebenslauf verlangen. Meist steckt dahinter entweder die Vorstellung, man könnte als Laie etwas aus der Handschrift herauslesen oder es soll ein graphologisches Gutachten erstellt werden.
Schreiben Sie ihren Lebenslauf prinzipiell nur dann von Hand, wenn Sie ausdrücklich dazu aufgefordert werden. Falls nichts anderes angegeben ist, können Sie einen tabellarischen Lebenslauf anfertigen, bei dem Sie sich schon einmal das Formulieren von zusammenhängenden Sätzen ersparen können. Versuchen Sie nicht, extra für diesen Anlass besonders schön zu schreiben. Es wird Ihnen nicht gelingen! Bemühen Sie sich lieber um eine einigermaßen deutliche Schrift, sodass der Empfänger nicht bei jedem Wort rätseln

muss, was es nun heißen könnte. Wenn Sie sich verschrieben haben, bleibt Ihnen nichts anderes übrig, als von vorne zu beginnen. Korrekturen sind in handgeschriebenen Lebensläufen immer ein Negativmerkmal und vermindern Ihre Aussicht auf Erfolg.
Bevor Sie an den eigentlichen Lebenslauf gehen, empfiehlt es sich, sich zunächst einmal »aufzuwärmen«. Schreiben Sie dazu einfach einen beliebigen Text aus einem Buch oder einer Zeitung ab, um sich an das saubere Schreiben von Hand zu gewöhnen.

Graphologische Gutachten

Immer wieder werden handschriftliche Lebensläufe dazu benutzt, so genannte graphologische Gutachten anfertigen zu lassen. Dabei wird die Handschrift nach bestimmten Kriterien analysiert, um daraus ein Persönlichkeitsprofil zu erstellen und Aussagen über Ihre Person treffen zu können. Der Wert eines solchen Gutachtens, die Zuverlässigkeit der daraus getroffenen Aussagen und die Anwendbarkeit für die Auswahl von Bewerbern sind nach wie vor umstritten. Besonders kritisch wird es dann, wenn keine Graphologen hinzugezogen werden, sondern der Personalleiter oder ein anderer Entscheidungsträger im Unternehmen sich als Laie mit der Analyse von Handschriften befasst. Es bleibt Ihnen nichts anderes übrig, als eine Analyse, sei es von einem Fachmann oder einem Laien, mit Humor und einer gehörigen Portion Zweifel zu nehmen.
Wenn Sie aufgefordert werden, einen handschriftlichen Lebenslauf einzureichen, wissen Sie nicht, ob es sich nur um eine übliche Praxis in dieser Firma handelt oder ob ein Gutachten erstellt werden soll. Es ist deshalb nicht sinnvoll, eine Probe Ihrer Handschrift abzulehnen und trotzdem einen am PC oder mit der Schreibmaschine erstellten Lebenslauf einzureichen. Dies kann und wird in vielen Fällen umgehend zu einer Absage führen.

Die Wirkung des Fotos

Zu einer kompletten Bewerbung gehört immer eine Fotografie von Ihnen, meist etwas altmodisch als »aktuelles Lichtbild« bezeichnet. Auch wenn das Aussehen eines Menschen und seine Wirkung auf andere eher subjektiv sind, fordern praktisch alle Unternehmen ein Foto, um sich ein Bild von Ihnen machen zu können. Beachten Sie nachfolgende Punkte, um auch in diesem Bereich Ihre Bewerbung optimal zu gestalten:

- Wählen Sie immer ein aktuelles Foto. Schließlich wollen Sie bei einem Gesprächstermin auch erkannt werden.
- Lassen Sie die Finger von Automatenbildern! Gehen Sie lieber zu einem Fotografen, der Sie professionell ins rechte Licht setzen kann. Zwar sind diese Fotos etwas teurer als die von einem Automaten, aber Sie wirken besser.
- Als Format nehmen Sie die übliche Passbildgröße. Manche Fotografen benutzen für Bewerbungsfotos auch ein geringfügig größeres Format.
- Ob Sie ein Farbfoto oder ein Schwarzweißbild verwenden, bleibt Ihnen überlassen. Einfarbige Fotos wirken meist etwas seriöser, Farbbilder wiederum lassen Sie lebendiger erscheinen.
- Lassen Sie grundsätzlich so genannte Brustbilder machen. Ganzkörperaufnahmen sind nur bei Models oder bei Fluggesellschaften erwünscht. Meist wird dies in der Stellenanzeige dann auch ausdrücklich gefordert.
- Tragen Sie auf dem Foto eine Kleidung, die Sie auch anziehen würden, wenn Sie den Job bekommen. Freizeitkleidung eignet sich nur für Animateure, ansonsten ist eine gewisse Seriosität angesagt.
- Verzichten Sie auf übertriebenen Schmuck. Auch wenn ein Ohrring bei Männern heute zum modischen Erscheinungsbild gehört, reagieren manche Unternehmen emp-

findlich darauf. Lassen Sie ihn vorsichtshalber erst einmal weg. Gleiches gilt auch für sichtbare Piercings. Wenn Sie allerdings fest entschlossen sind, auf Ihr Piercing nicht zu verzichten und im Zweifelsfall lieber eine Absage in Kauf nehmen, dann stellen Sie sich auf dem Foto so dar, wie Sie sind. Das eben gesagte gilt natürlich genauso für Frisuren oder das Make-up. Informieren Sie sich vorher, was in der entsprechenden Branche oder bei diesem Unternehmen üblich ist. Dann können Sie immer noch entscheiden, ob Sie sich danach richten wollen oder ob Sie bei Ihrem individuellen Stil bleiben, egal, was der mögliche Arbeitgeber davon hält und wie er vielleicht darauf reagiert.

- Versuchen Sie, ein freundliches und offenes Gesicht zu machen. Dieser Ausdruck weckt eher Sympathien als eine verschlossene oder verkniffene Miene.
- Platzieren Sie Ihr Foto rechts oben auf dem Lebenslauf. Nur bei Ganzkörperfotos oder wenn das Aussehen ein entscheidendes Kriterium ist, zum Beispiel bei Models oder Schauspielern, sollten Sie ein eigenes Blatt anlegen und dieses nach dem Anschreiben in Ihre Bewerbungsmappe abheften.
- Befestigen Sie das Foto mit etwas Klebstoff, keinesfalls mit einer Büroklammer oder gar mit einem Tacker. Verkleben Sie das Foto nicht ganzflächig, sonst können Sie es später nicht mehr ablösen und für einen neuen Lebenslauf verwenden.
- Auch wenn die heutigen Kleber sich meist nicht von alleine lösen, sollten Sie Ihren Namen und Ihre Anschrift auf der Rückseite des Fotos anbringen.
- Falls Sie über einen sehr guten Farbdrucker verfügen, können Sie Ihr Foto auch gleich auf den Lebenslauf drucken. Tun Sie dies aber nur, wenn Sie auch wirklich in der Lage sind, eine hervorragende Qualität herzustellen.

Musterlebensläufe

So kann ein Lebenslauf aussehen:

Lebenslauf

Name:	Carmen Schiefer
Geburtsdatum:	10.02.1988
Geburtsort:	Mainz
Eltern:	Michael Schiefer Gabi Schiefer
Schulen:	1994 – 1998 Grundschule, Mainz-Hechtsheim seit 1998 Realschule, Mainz-Weisenau
Schulabschluss:	voraussichtlich Mittlere Reife im Juni 2003
Hobby:	Mitglied in der Tanzsportgruppe Mainz
Besondere Kenntnisse:	Jugendgruppenleiterin der Tanzsportgruppe Erfolgreiche Teilnahme an Word- und Excel-Kursen der VHS Mainz
Berufsziel:	Versicherungskauffrau

Mainz, Datum

Unterschrift

Lebenslauf	
Name:	Michael Demant
Geburtsdatum:	27.07.1987
Geburtsort:	Köln
Familienstand:	Ledig
Familie:	Hans Demant, Dachdecker Klara Demant, Hausfrau 2 Brüder, 1 Schwester
Schulbildung:	Grundschule, Köln Realschule, Köln
Hobby:	Fußball
Unterschrift	

Bei diesem Lebenslauf sind einige Fehler gemacht worden! Die Angaben zum Beruf der Eltern und zu den Geschwistern sind überflüssig, ebenso der Familienstand. Es fehlen die Zeitangaben für die Schulen und vor allem der Termin und die Art des voraussichtlichen Schulabschlusses. Das Hobby ist fast zu typisch. Es gibt keine Information über den Wunschberuf und über zusätzliche Fähigkeiten oder Engagements. Zudem fehlen auch Ort und Datum.

Checkliste für den Lebenslauf

Überschrift »Lebenslauf«?	
Vor- und Nachname?	
Eventuell Anschrift eingebaut?	
Geburtsdatum und -ort?	
Name der Eltern, falls minderjährig?	
Familienstand, falls volljährig?	
Schulausbildung und Abschluss?	
Wehr- oder Zivildienst?	
Studium mit Abschluss und Examensnote?	
Berufsausbildung und Abschluss?	
Berufstätigkeit?	
Weiterbildung?	
Fremdsprachen?	
Besondere Kenntnisse?	
Eventuell Hobbys genannt?	
Ort, Datum, Unterschrift?	
Zeitlich vollständig?	
Foto?	

8. Kapitel

Welche Zeugnisse gehören zu einer Bewerbung?

Zeugnisse sind die einzigen Unterlagen in Ihrer Bewerbungsmappe, auf deren Inhalt und Gestaltung Sie keinen Einfluss haben. Genau aus diesem Grund genießen Sie bei Arbeitgebern auch einen hohen Stellenwert. Manche Menschen vertrauen grundsätzlich dem, was in einem Zeugnis steht, schließlich handelt es sich ja um ein offizielles Dokument. Andere lesen Zeugnisse mit einer Portion Misstrauen, denn jedes Zeugnis wurde von einem Menschen ausgestellt und kann deshalb nicht hundertprozentig objektiv sein.

Je kürzer Ihre schulische Laufbahn war, desto weniger Zeugnisse können Sie naturgemäß vorlegen. Grundsätzlich wird dem aktuellsten Zeugnis meist auch das größte Interesse gewidmet, denn es liegt dem Zeitpunkt der Bewerbung am nächsten.

Achten Sie darauf, dass Sie alle Abschlusszeugnisse, die Sie besitzen, auch in der Bewerbungsmappe haben. Alle Abschlüsse, gleichgültig, ob von einer Schule oder einer Ausbildung, müssen durch ein Zeugnis belegt werden. Fehlen diese, so besteht die Gefahr, dass Ihre Bewerbung sofort auf dem Stapel für die Absagen landet. Für fehlende Zeugnisse aus der Vergangenheit müssen Sie schon eine sehr gute Begründung im Anschreiben finden, wenn Sie eine Chance auf ein Vorstellungsgespräch haben wollen.

Geben Sie grundsätzlich niemals Ihre Originalzeugnisse aus der Hand! Die meisten Firmen schicken im Fall einer Ab-

sage zwar die Unterlagen zurück, aber wenn etwas auf dem Postweg oder innerhalb einer Firma verloren geht, haben Sie ein großes Problem.
Nur wenn Sie ausdrücklich aufgefordert werden, müssen Sie Zeugnisse beglaubigen lassen. Dies können Sie bei einem Anwalt oder Notar vornehmen lassen, billiger ist in der Regel eine Beglaubigung bei der Stadt- oder Kommunalverwaltung. Auch Schulen und Hochschulen beglaubigen Zeugnisse, meist jedoch nur diejenigen, die sie auch selbst ausgestellt haben. Bei Bewerbungen im Ausland ist es so gut wie immer erforderlich, die Zeugnisse nicht nur beglaubigen, sondern auch übersetzen zu lassen.

Die richtige Reihenfolge

Auch wenn es paradox erscheint, die Zeugnisse werden in umgekehrter Reihenfolge wie die Stationen aus Ihrem Lebenslauf angeordnet. Das zuletzt ausgestellte Zeugnis liegt also immer obenauf und gibt den aktuellsten Stand wieder.
Versuchen Sie, eine chronologische Reihenfolge herzustellen, diese ist am übersichtlichsten und vereinfacht den Abgleich mit dem Lebenslauf. Mit einem wilden Durcheinander der Zeugnisse können Sie Lücken letzten Endes doch nicht verdecken, Sie verärgern nur den Leser und erhöhen die Wahrscheinlichkeit einer Absage.
Lässt sich eine Chronologie nur schwer herstellen, weil Sie viele zusätzliche Zertifikate erworben haben, dann ordnen Sie die Unterlagen nach Sachthemen. Haben Sie bereits eine Arbeitsstelle und wollen jetzt Ihre erste oder eine weitere Ausbildung absolvieren, dann muss Ihr aktuelles Arbeitszeugnis obenauf liegen. Sofern Sie dieser Arbeit noch nachgehen, wird es sich meist um ein Zwischenzeugnis handeln. Haben Sie bereits eine Ausbildung abgeschlossen, folgen die dazu gehörigen Zeugnisse als Nächstes, bevor das Abschlusszeugnis der Schule kommt. Je länger Ihre Schulausbildung

bereits zurückliegt, desto weniger Gewicht hat das schulische Abschlusszeugnis.

Es fehlen noch Unterlagen

Sofern Sie bereits eine Arbeitsstelle haben, wird das zugehörige Arbeitszeugnis fehlen. Dagegen lässt sich auch nichts unternehmen. Genauso verhält es sich, wenn Sie kurz vor dem Abschluss einer Schul-, Hochschul- oder Berufsausbildung stehen und eine Stelle für eine weitere Ausbildung suchen. Fügen Sie in diesem Fall das letzte Zeugnis bei und teilen Sie im Anschreiben mit, wann Sie voraussichtlich das Abschlusszeugnis vorlegen werden.
Das Gleiche gilt natürlich auch dann, wenn Sie sich noch in einer Schulausbildung befinden. Anstelle eines noch nicht vorhandenen Abschlusszeugnisses kommt dann das letzte Zwischenzeugnis.
Erhalten Sie ein Abschlusszeugnis, während Sie noch auf eine Antwort zu Ihrer Bewerbung warten, dann schicken Sie das Zeugnis mit einem kurzen Anschreiben an das Unternehmen. Liegen der Termin für ein Vorstellungsgespräch und der Erhalt eines Abschlusszeugnisses nahe beieinander, können Sie das Zeugnis auch zum Gespräch mitbringen. Denken Sie auch hierbei daran: Immer nur Kopien aus der Hand geben, niemals das Original!

Kopieren oder scannen?

Nach wie vor ist es üblich, Kopien der Zeugnisse anzufertigen und diese beizulegen. Achten Sie bei den Kopien darauf, dass diese gut lesbar sind, gerade ältere Zeugnisse sind oft schon stark verblasst. Gehen Sie in diesem Fall lieber zu einem guten Copy-Shop, der Ihnen am ehesten helfen kann, eine saubere Kopie zu erstellen.

Da Scanner eine immer stärkere Verbreitung finden, können Sie Ihre Zeugnisse natürlich auch scannen und dann ausdrucken. Das Scannen hat den Vorteil, dass Sie die Bildqualität bearbeiten und somit blasse Stellen verstärken können. Sorgen Sie aber unbedingt für einen guten Drucker und ausreichend Tinte! Ansonsten sind die Ausdrucke kaum lesbar, sehen schlampig aus und erwecken den Eindruck, Sie hätten sich keine Mühe gegeben, eine optimale Bewerbung zu erstellen.

➲ *Verändern Sie niemals die Angaben in Ihren Zeugnissen! Sie begehen in diesem Fall eine Urkundenfälschung.*

Ausbildungszeugnisse

Ausbildungszeugnisse sind in jedem Fall den Unterlagen beizufügen, sofern Sie eine Ausbildung abgeschlossen oder auch ohne Abschluss abgebrochen bzw. beendet haben. Haben Sie eine Berufsausbildung mit einem Gesellen- oder Kaufmannsgehilfenbrief abgeschlossen, dann legen Sie diesen Brief in Kopie bei. Gerade bei Berufsanfängern, die noch keine Arbeitszeugnisse besitzen, gehört auch das Prüfungsergebnis der IHK oder der Handwerkskammer mit zu den Unterlagen.

Schulzeugnisse

Selbstverständlich müssen Schulzeugnisse mit in Ihre Bewerbungsmappe. Üblicherweise wird nur das jeweils letzte Zeugnis, meist also das Abschlusszeugnis, beigelegt. Nur falls dieses noch nicht angefertigt worden ist bzw. noch kein Ab-

schluss vorliegt, fügen Sie das davor ausgestellte Zeugnis bei. Sollte aus dem Zeugnis die Art des Abschlusses nicht hervorgehen und haben Sie darüber eine gesonderte Urkunde erhalten, dann wird diese noch vor dem Abschlusszeugnis eingefügt.
Üblicherweise wird nur das Zeugnis des jeweils höchsten Abschlusses beigelegt. Haben Sie zum Beispiel nach dem Hauptschulabschluss weiter eine Schule besucht und die Mittlere Reife erworben, so reicht dieses Zeugnis. Liegen jedoch längere Zeiten zwischen den einzelnen Schulabschlüssen, sollten Sie alle Abschlusszeugnisse in die Bewerbungsmappe heften. Sie können dies auch dann tun, wenn Zeugnisse »niedrigerer« Abschlüsse sehr gut waren und das auch bei dem »höheren« Abschluss der Fall ist. Ein sehr gutes Hauptschulzeugnis und ein darauf folgender mäßiger Realschulabschluss erwecken dagegen keinen sonderlich positiven Eindruck.

Praktikumsbescheinigungen

Haben Sie während Ihrer Schulzeit Praktika absolviert, so legen Sie die Nachweise darüber ebenfalls bei. Sie können sich dadurch den ein oder anderen Pluspunkt verschaffen. Bescheinigungen, in denen Ihnen mangelnde Leistungen testiert werden, lassen Sie selbstverständlich weg. Auch während einer anderen Ausbildung zusätzlich durchlaufene Praktikumszeiten können gerade Berufsanfängern helfen, eine etwas umfangreichere Mappe zu erstellen. Am besten machen sich natürlich immer die Praktika, die in irgendeiner Verbindung zum angestrebten Ausbildungsberuf stehen.

Sonstige Zertifikate

Alles, was einen Bezug zu Ihrem Traumberuf, dem Ausbildungsgang oder vielleicht dem Unternehmen oder der Branche hat, gehört in Ihre Bewerbungsmappe. Dies gilt ganz besonders für Fortbildungen oder spezielle Fähigkeiten, die dadurch nachgewiesen werden können. Haben Sie in Ihrem Lebenslauf Lücken, also Zeiten, in denen Sie, aus welchen Gründen auch immer, nichts getan haben, helfen alle Nachweise, die bestätigen, dass Sie nicht auf der faulen Haut lagen. Selbst wenn es keinen Bezug zum Beruf gibt, ist es immer besser, zu zeigen, dass Sie sich beschäftigt oder etwas ausprobiert haben.

Sofern Sie bereits Ihren Wehr- oder Zivildienst geleistet haben, können Sie auch ein Zeugnis darüber beilegen. Verzichten Sie jedoch darauf, wenn es sich um ein eher schlechtes Zeugnis handelt, und fügen Sie stattdessen nur eine Bestätigung über die Zeit bei.

Alle anderen Bescheinigungen, die Sie besitzen und auf die Sie mit Recht stolz sind, bleiben besser zu Hause. Wenn Sie nicht gerade Bademeister werden wollen, interessiert sich niemand für Ihren Freischwimmerschein.

Überflüssige Zeugnisse

Alle Zwischen-, Semester- und Jahreszeugnisse, die vor dem jeweiligen Abschlusszeugnis liegen, gehören nicht in die Bewerbung. Niemand wird es Ihnen verübeln, wenn Sie halbwegs zeitnah zu Ihrem letzten Schulabschluss eine Ausbildung machen wollen und weniger Zeugnisse beilegen können als jemand, der bereits seit Jahrzehnten im Berufsleben steht.

Checkliste für die Zeugnisse

Arbeitszeugnisse?	
Hochschulzeugnisse?	
Praktikumsbescheinigungen?	
Ausbildungszeugnisse?	
Schulzeugnisse?	
Sonstige Zertifikate?	
Referenzen?	
Arbeitsproben?	
Reihenfolge?	

9. Kapitel

Online bewerben?

Gerade für die Suche nach Ausbildungsmöglichkeiten im Ausland oder bei internationalen Unternehmen ist das Internet eine nahezu ideale Informationsquelle. Oft finden Sie auf den Seiten der Unternehmen noch zusätzliche Hinweise, die Ihnen helfen können, Ihre Bewerbung zu optimieren oder den richtigen Ansprechpartner für eine Initiativbewerbung herauszufinden. Für die Vorbereitung eines Gesprächs, sei es telefonisch oder persönlich, lässt sich das Internet ebenfalls nutzen, um mit aktuellen Informationen über den vielleicht zukünftigen Arbeitgeber aufwarten zu können.

Mit der Verbreitung des Internets hat sich auch auf dem Sektor der Bewerbungen eine Veränderung ergeben: Es ist die elektronische Bewerbung entstanden, heute meist als Online-Bewerbung bekannt. Grundlegende Unterschiede im Vergleich zur konventionellen Methode gibt es im Aufbau einer solchen Bewerbung allerdings nicht. Meist finden sich die Stellenanzeigen im Internet zwar kurz bevor sie in einer Tageszeitung erscheinen und auch die elektronische Datenübermittlung geht schneller, dies führt jedoch nicht zu einem Vorteil. Unternehmen kalkulieren grundsätzlich eine bestimmte Zeitspanne für den Eingang der Bewerbungen ein, eine frühere Zusendung Ihrer Unterlagen bringt Ihnen deshalb keinen zeitlichen Vorsprung.

Für den Ausbildungsplatzsuchenden hat die Bewerbung per E-Mail den Vorteil, dass er keine Kopien anfertigen, keine Mappen zusammenstellen und sich keinen Briefumschlag

besorgen muss. Außerdem ist der Versand auch noch bequemer und preiswerter. Für den Anbieter einer Lehrstelle hat die Online-Bewerbung nur bedingt Vorteile. Nur wenn sich die Bewerbung auf das Ausfüllen eines elektronischen Formulars beschränkt, wird Papier gespart. Eine Bewerbung per E-Mail dagegen wird in fast allen Unternehmen ausgedruckt und genauso bearbeitet wie die Bewerbungen, die mit der »normalen« Post eingetroffen sind.
Immer mehr Privatpersonen haben auch eine eigene Homepage, die meist wenig professionell aufgebaut ist. Selbst wenn Sie sich mit diesem Thema auskennen und sich eine hervorragende eigene Website aufgebaut haben, verzichten Sie besser auf einen Verweis darauf. Selbstverständlich gilt das nicht, falls Sie sich genau in diesem Bereich bewerben wollen und Ihre Seite als Referenz dienen kann.

Online-Stellenbörsen

Neben den Internet-Seiten der Unternehmen selbst gibt es eine ganze Reihe von Betreibern, die sich auf die Zusammenführung von Arbeitgebern und Arbeitssuchenden, auch Ausbildungsplatzsuchenden, spezialisiert haben: die so genannten Stellenbörsen. Die Nutzung ist meist für den Bewerber kostenfrei, die Unternehmen müssen hingegen dafür bezahlen, dass sie ihre Stellenangebote dort veröffentlichen dürfen.
Achten Sie darauf, dass sich in einer Stellenbörse möglichst auch die großen und namhaften Unternehmen finden, ansonsten könnte der Kreis der potenziellen Ausbildungsbetriebe recht bescheiden sein. Ebenfalls sollten nur wenige Anzeigen bereits älter als acht Wochen sein. Manchmal werden die Börsen nicht ausreichend gepflegt, weil die Firmen besetzte Stellen nicht abmelden oder der Betreiber es an Sorgfalt fehlen lässt. Ihre Bewerbung ist dann nur unnötige Arbeit, denn die Stelle ist längst besetzt worden. Ein

Ausbildungsplatz, für den es binnen drei Monaten keine geeigneten Bewerber gegeben hat, ist vielleicht doch nicht das Richtige für Sie, denn irgendetwas scheint damit nicht zu stimmen.
Bei der Mehrzahl der Stellenbörsen füllen Sie ein mehr oder weniger umfangreiches Formular aus, aus dem Ihr Profil entsteht. Dieses wird dann mit den offenen Plätzen abgeglichen. Je umfangreicher und detaillierter das Formular ist, desto genauer können Sie natürlich die für Sie infrage kommenden Stellen eingrenzen. Allerdings führen zu viele Details auch schnell dazu, dass keine passenden Angebote für Sie gefunden werden.
Gut sind auch die Stellenbörsen, die Sie per E-Mail über den Eingang von passenden Stellenangeboten informieren. So ersparen Sie es sich, permanent nach den neuesten Angeboten Ausschau zu halten.
Einige Internetseiten finden Sie am Ende des Buches unter »Adressen«.

Suchen im Internet

Aufgrund der enormen Datenvielfalt im Internet scheint es zunächst oft einmal unmöglich zu sein, herauszufinden, wo sich die Ausbildungsangebote verstecken. Doch keine Angst, so schwer ist es nun auch wieder nicht. Es gibt schließlich verschiedene Möglichkeiten, offene Stellen im Internet zu entdecken.
Kennen Sie die Internetadresse eines Unternehmens, so brauchen Sie diese nur einzugeben, um auf die entsprechende Seite zu gelangen. Viele Firmen finden sich unter der Adresse »www.Firmenname.de«. Andernfalls benutzen Sie eine Suchmaschine, wie zum Beispiel Google, AltaVista oder Yahoo, und geben den Namen des Unternehmens oder die Bezeichnung der Wunschposition ein. Versuchen Sie dabei, so detailliert wie möglich vorzugehen, also beispiels-

weise den Firmennamen und den Ort des Unternehmens sowie den Begriff Karriere oder Ausbildung zu benutzen. Sie erhalten sonst eine Flut von Treffern und die Suche nach der Seite, die Sie brauchen, gestaltet sich langwierig.
Bei den großen Tageszeitungen können Sie die Stellenanzeigen fast immer auch im Internet einsehen. Manche Zeitungen verfügen sogar über Suchkriterien, sodass Sie gezielt nach bestimmten Jobs Ausschau halten können und sich nicht durch alle Angebote quälen müssen. Zudem bietet sich Ihnen hier der Vorteil, dass oft auch ein bestimmter Erscheinungszeitraum angegeben werden kann. Dies ist gerade dann praktisch, wenn Sie im Urlaub waren und deswegen zwei Wochen lang keine Möglichkeit hatten, die Angebote der Zeitung zu studieren.
Mittlerweile sind auch viele kleinere Unternehmen im Internet vertreten, nicht mehr nur die großen Konzerne. Bei den meisten Firmen finden Sie auf der Homepage eine Weiterleitung zu den Stellenangeboten. Häufig heißen diese Register »Jobs«, »Karriere«, »Offene Stellen« oder einfach »Ihre Zukunft bei uns«. Wenn Sie nur lokal nach einer neuen Stelle suchen oder sich gezielt bei ganz bestimmten Firmen bewerben wollen, dann haben Sie über diese Seiten den schnellsten Zugriff auf das Angebot.
Auch die Arbeitsämter sind heute mit ihrem Stellen-Informations-System, kurz SIS, im Internet vertreten. Dort haben Sie als Bewerber einen entscheidenden Vorteil: Sie können bundesweit nach offenen Ausbildungsplätzen suchen. Ihr örtliches Arbeitsamt hat fast immer nur die lokalen Angebote und weiß oft nicht, welche Ausbildungen im benachbarten Arbeitsamtsbezirk frei sind.
Die bereits genannten Stellenbörsen finden Sie am einfachsten, indem Sie in eine der Suchmaschinen den Begriff »Stellenbörse« eingeben.

Bewerben per E-Mail

Inzwischen ist es bei den meisten Unternehmen auch grundsätzlich möglich, sich auf elektronischem Wege zu bewerben. Trotzdem besagen Untersuchungen, dass 80 Prozent der E-Mail-Bewerbungen vom Empfänger gar nicht erst gelesen werden. Bereiten Sie deshalb eine Bewerbung per E-Mail genauso sorgfältig vor, wie Sie dies für eine konventionelle Bewerbung auch tun würden.

Im Grunde genommen gibt es zwei Varianten von Bewerbungen per Mail:

1. Häufig werden Sie auf den Homepages von Unternehmen aufgefordert, ein Formular auszufüllen und abzusenden. Meist werden neben Ihren persönlichen Daten noch einige Details zu Ihrem bisherigen Werdegang abgefragt. Zum Abschluss fordert Sie das Programm auf, das ausgefüllte Formular nun mit einem Mausklick abzusenden. Das war dann schon alles, oft erhalten Sie nicht einmal eine Sendebestätigung. Genau genommen stellt ein solches Formular nichts anderes dar als eine Kurzbewerbung. Es werden nur die nötigsten bzw. wichtigsten Details abgefragt.
   Genauso erfolgt im Unternehmen dann auch eine Auswertung. Ihr Profil wird mit dem Profil für die Ausbildungsplätze abgeglichen, bei fehlender Übereinstimmung erhalten Sie, meist innerhalb kürzester Zeit, eine Mail, in der man Ihnen absagt. Passt Ihr Profil, wird die Firma mit Ihnen Kontakt aufnehmen. Dies kann per E-Mail, per Post oder auch telefonisch erfolgen. Manche Firmen nutzen das Formular nur zu einer ersten Sichtung der Kandidaten und fordern die interessanten Bewerber dann auf, sich ganz konventionell schriftlich zu bewerben.
2. Die zweite Variante besteht darin, dass man Sie auf einer Internetseite oder in einer Zeitungsanzeige entweder direkt auffordert, sich per Mail zu bewerben, oder Ihnen durch die Nennung einer E-Mail-Adresse und einer Postanschrift selbst die Wahl lässt, auf welchem Weg Sie Ihre

Unterlagen einreichen wollen. Es gibt hier kein vorgefertigtes Formular, das Sie nur auszufüllen brauchen, Sie müssen sich selbst die Arbeit machen und ein Schreiben erstellen. Prinzipiell könnten Sie Ihr Anschreiben gleich als Text in eine E-Mail schreiben oder auch hineinkopieren. Leider führt dies in den allermeisten Fällen dazu, dass alle Formatierungen Ihres Schreibens verloren gehen und der Text wie Kraut und Rüben beim Empfänger ankommt. Nutzen Sie deshalb die E-Mail nur dazu, neben einer freundlichen Anrede kurz mitzuteilen, dass Sie Ihre Bewerbung dieser Mail als Anlage angehängt haben. Das Anschreiben und der Lebenslauf sind nun die gleichen, die Sie auch für eine konventionelle Bewerbung benutzen. Da es sich fast immer um Word-Dokumente handeln wird, können Sie diese problemlos anhängen, der Empfänger wird sie auch lesen können. Anders sieht dies bei den Zeugnissen aus. Diese müssen Sie zunächst scannen und gegebenenfalls auch die Bildqualität bearbeiten, bevor Sie sie anhängen können.
Hierbei treten gleich zwei Probleme auf: Zum einen sind diese Dateien oft ziemlich groß, zum anderen wissen Sie nicht, ob der Empfänger die gleichen Programme hat wie Sie oder ob er die Dateien mit Ihren Zeugnissen vielleicht gar nicht öffnen kann. Verkleinern Sie deshalb die Zeugnisdateien und wählen Sie eines der gebräuchlichen Formate, wie zum Beispiel jpg oder pdf. Am besten sieht Ihre Bewerbung dann aus, wenn Sie alle Unterlagen in einer Datei zusammenfassen, sodass der Leser sie durch Scrollen betrachten kann, ohne dauernd neue Dateien öffnen zu müssen.
Ausführlichere Anleitungen zum Erstellen von E-Mail-Bewerbungen passen leider nicht in den Rahmen dieses Buches. Sie finden im Buchhandel allerdings eine ganze Menge an Literatur zu diesem Thema. Auch die Hilfe von Bekannten, die sich auf diesem Gebiet auskennen, sollten Sie im Zweifelsfall in Anspruch nehmen.

➡ *Fragen Sie bei dem Unternehmen nach, in welchem Format Sie die Ihrer Bewerbungsmail angehängten Dateien senden sollen und bis zu welcher Größe dies ohne Probleme möglich ist.*

Die E-Mail-Bewerbung eignet sich aufgrund der geringeren Kosten natürlich auch für Initiativbewerbungen. Dabei sollten Sie aber unbedingt die korrekte Mailadresse Ihres Ansprechpartners kennen. Ansonsten landet die Mail in einer Zentrale oder in der EDV-Abteilung. Ob sie dann jemals den zuständigen Mitarbeiter erreicht, ist fraglich. Außerdem wollen Sie sicher nicht, dass jeder Firmenangehörige sich ein Bild von Ihnen machen kann. Zudem reagieren viele Personalbereiche ärgerlich auf eine Flut von unverlangten E-Mail-Bewerbungen. Dies gilt ganz besonders dann, wenn sich aus der Art der Mail erkennen lässt, dass Sie hier eine Massensendung vorgenommen haben.

➡ *Verwenden Sie für eine elektronische Bewerbung genauso viel Sorgfalt wie für eine konventionelle.*

➡ *Denken Sie daran: Eine E-Mail ist prinzipiell von Unbefugten genauso lesbar wie eine Postkarte für einen Briefträger!*

Noch ein Tipp zum Schluss: Schicken Sie Ihre Bewerbungsmail als Test zuerst an einen Freund oder Bekannten oder richten Sie sich eine weitere Mailadresse bei einem der kostenfreien Anbieter ein, an die Sie Ihre E-Mail-Bewerbung dann probeweise senden. Erst wenn Sie sicher sind, dass die Mail für einen Empfänger auch lesbar ist, sollten Sie diese an das Unternehmen abschicken.

10. Kapitel

Das Vorstellungsgespräch

Nachdem Sie die passende Ausbildungsstelle für Ihren Traumberuf gefunden, eine optimale Bewerbung zusammengestellt und verschickt und vielleicht auch einen Zwischenbescheid mit der Bitte um ein wenig Geduld erhalten haben, gehen wir jetzt von dem positiven Fall aus, dass Sie von dem Unternehmen zu einem Gespräch eingeladen werden. Da die meisten Firmen das Vorstellungsgespräch noch immer als ersten Schritt zur engeren Auswahl einsetzen, soll dieses Thema jetzt erläutert werden. Die meisten der nachfolgenden Punkte gelten auch dann, wenn statt des Gesprächs im Unternehmen die Bewerberauswahl durch ein Assessment Center oder eine andere Methode erfolgt.

Die erste Hürde haben Sie mit der Einladung zu einem Gespräch bereits überwunden, Ihre Bewerbung hat Interesse gefunden. Einen großen Teil der anderen Mitkonkurrenten haben Sie bereits hinter sich gelassen; wie viele andere Kandidaten zu einem Gespräch eingeladen worden sind, können Sie allerdings nicht wissen. Genau deshalb muss das Gespräch gut vorbereitet und durchgeführt werden, um die optimale Bewerbung mit einer Einstellung zu krönen. Bis dahin ist es allerdings noch ein gutes Stück Arbeit.

In einem ersten Gespräch geht es dem Unternehmen vor allem darum, Sie näher kennen zu lernen, einen Abgleich mit Ihrer schriftlichen Bewerbung vorzunehmen und die Anzahl der möglichen Kandidaten zu reduzieren. Aus den nach dieser Runde verbleibenden Bewerbern wird eine

Rangfolge erstellt. Meist nutzen die Firmen auch die Gelegenheit, Ihnen das Unternehmen und den Ablauf der Ausbildung vorzustellen. Es muss übrigens nicht bei einem Gespräch bleiben, diejenigen, die in der Rangfolge vorne liegen, werden oft zu einem zweiten Termin eingeladen. Bei diesem Gespräch geht es dann bereits um den Ausbildungsvertrag. Manche Unternehmen legen, besonders bei sehr gefragten Berufen oder bei Hochschulabsolventen, zwischen die beiden Vorstellungsgespräche auch noch ein Testverfahren, um die Kandidaten weiter auf ihre Eignung hin zu überprüfen.

Die Einladung

Die Einladung kann sowohl schriftlich als auch telefonisch erfolgen. Sofern Sie die Firma wechseln wollen, sollten Sie in Ihrer Bewerbung nicht die Telefonnummer Ihres derzeitigen Arbeitsplatzes angeben. Es könnte unangenehm sein, wenn Sie telefonisch zum Vorstellungsgespräch eingeladen werden und jemand anderes diesen Anruf entgegennimmt. Nicht immer werden derartige Anrufe von Profis getätigt und so kann es sich schnell herumsprechen, dass Sie auf der Suche nach einem anderen Unternehmen sind.
Denken Sie auch daran, dass eine telefonische Einladung in Ihrer Abwesenheit auf den Anrufbeantworter gesprochen werden kann. Wenn Sie einen eigenen Anschluss haben, kommen die flippigen und flapsigen Sprüche, mit denen Anrufer auf den privaten Anrufbeantwortern begrüßt werden, nicht besonders gut an. Passen Sie lieber, wenn auch nur vorübergehend, Ihre Ansage der Bewerbung an.
Aus einer schriftlichen Einladung geht nicht immer klar hervor, ob es sich lediglich um ein Gespräch oder gar um einen Auswahltest handelt. Falls Sie aus dem Schreiben erkennen können, dass Sie zusammen mit anderen Bewerbern zum gleichen Termin eingeladen sind oder dass sich

dieser um mehr als einen Tag erstreckt, wird es sich um ein Auswahlverfahren handeln. Ist Ihnen nach dem Lesen der Einladung noch immer unklar, ob Sie zu einem Gespräch oder einem Test erwartet werden, dann rufen Sie den Unterzeichner an und fragen Sie gezielt danach, zu welcher Art von Termin Sie eingeladen sind. Nichts spricht dagegen, sich diese Information zu holen. Auch in einer telefonischen Einladung wird oft nur von einem ersten Kennenlernen gesprochen. Fragen Sie gleich nach der Art des geplanten Gesprächs, um sich entsprechend darauf vorbereiten zu können.

Meist wird in der Einladung bereits mitgeteilt, wann und wo der Termin stattfindet. Manchmal sind auch Anfahrtsskizzen in diesem Schreiben enthalten. Einige Firmen versenden zudem Unternehmensbroschüren, die es Ihnen ermöglichen, sich ein genaueres Bild des potenziellen zukünftigen Ausbilders zu machen.

Fast immer werden Sie um eine kurze Rückmeldung zur Einladung gebeten, um Ihre Teilnahme zu bestätigen. Tun Sie dies möglichst kurzfristig, normalerweise reicht hier eine telefonische Zu- oder Absage aus. Dieses Telefonat bietet Ihnen auch die Gelegenheit, offene Fragen, die sich eventuell aus der Einladung ergeben haben, zu klären.

Falls Sie bereits einen Ausbildungsplatz haben, benutzen Sie lieber nicht das Faxgerät an Ihrem Arbeitsplatz für die Kommunikation mit dem möglichen Arbeitgeber. Dies kann zum einen zu Ärger mit der derzeitigen Firma führen, zum anderen aber auch bei dem potenziellen neuen Arbeitgeber einen schlechten Eindruck von Ihrer Loyalität entstehen lassen.

Zusagen oder ablehnen?

In den allermeisten Fällen werden Sie wohl eher zusagen und die Chance wahrnehmen wollen. Doch auch wenn Sie sich bereits für ein anderes Unternehmen oder zumindest gegen dieses Angebot entschieden haben, sollten Sie kurzfristig Bescheid geben. Ihre Absage eröffnet meist einem anderen Bewerber, der in der Rangfolge der Kandidaten hinter Ihnen steht, die Chance auf ein Gespräch und vielleicht sogar auf die ersehnte Berufsausbildung. Eine Absage sollten Sie immer telefonisch vornehmen. So wie Sie bei einem ablehnenden Bescheid gerne etwas über die Gründe erfahren möchten, wollen einige Firmen auch bei Absagen durch Bewerber wissen, woran es liegt. Geben Sie dem Unternehmen diese Chance.

Zu- und Absagen per E-Mail sollten Sie nur dann versenden, wenn Sie eine schriftliche Einladung erhalten haben, auf der die Mailanschrift des Ansprechpartners vermerkt ist.

Wenn der Firmensitz oder der Ort des Gesprächs so weit entfernt ist, dass Sie nicht am selben Tag anreisen, teilnehmen und wieder abreisen können, werden Sie sich nach einer Übernachtungsmöglichkeit umsehen müssen. Fragen Sie bereits bei Ihrer telefonischen Zusage danach, wer die Kosten dafür übernimmt. Sie können nicht davon ausgehen, dass dies automatisch das Unternehmen tun wird. Wenn die Firma die Übernachtungskosten trägt, dann fragen Sie, wer die Zimmerbuchung vornimmt. Einige Unternehmen überlassen die Hotelbuchung den Bewerbern und erstatten die Kosten, andere buchen das Zimmer gleich für Sie. Falls Sie sich selbst um eine Übernachtungsmöglichkeit kümmern müssen, erkundigen Sie sich nach Hotels in der Nähe und deren Namen bzw. Rufnummern. Da etliche Firmen mit den Hotels der näheren Umgebung Sonderkonditionen vereinbart haben, sollten Sie nach diesen fragen, wenn Sie die Rechnung selbst bezahlen müssen.

Auch die Erstattung der Reisekosten ist keine Selbstverständlichkeit. Fordert das Unternehmen Sie zu einem Vorstellungsgespräch auf, so muss es die Kosten dafür tragen, es sei denn, Sie werden vorher darauf hingewiesen, dass es keine Kostenübernahme gibt. Die Kostenerstattung ist übrigens unabhängig davon, ob Sie eingestellt werden oder nicht. Trotzdem bezahlen einige Firmen die Fahrtkosten generell, andere grundsätzlich nicht und wieder andere erstatten nur bestimmte Kosten. Bevor Sie nun im Nachhinein anfangen zu streiten, klären Sie diesen Punkt lieber vorab. Findet das Vorstellungsgespräch in Ihrer unmittelbaren Nähe statt, dann sollten Sie auf Kostenerstattung verzichten. Je weiter Sie allerdings anreisen müssen, desto interessanter wird das Thema. Erkundigen Sie sich gleich bei der Zusage danach, ob es eine Fahrtkostenerstattung gibt. Auch wenn diese Frage mit Ja beantwortet wird, heißt das noch lange nicht, dass Sie sich nun in den nächsten Flieger setzen und einschweben können. Klären Sie, welche Kosten erstattet werden und welche Belege Sie dafür vorlegen müssen. Es kann durchaus sein, dass man Ihnen anbietet, die Zugfahrt direkt auf Firmenkosten für Sie zu buchen, und Ihnen das Ticket zusendet.
Fragen Sie auch nach dem voraussichtlichen Ende des Termins, um Ihre Rückreise planen zu können.

➲ *Nutzen Sie die telefonische Zusage, um alle Fragen, die Sie zur Anreise und dem Termin haben, anzubringen. Es sieht nicht gut aus, wenn Sie mehrmals anrufen müssen, um weitere Punkte zu klären.*

Die Anreise

Nicht immer liegt der Wunscharbeitgeber gleich um die Ecke. Sie müssen also planen, wie Sie den Termin dort wahrnehmen können. Falls Sie einen Job haben oder an einer Schule bzw. Universität sind, müssen Sie einen Tag Urlaub opfern oder sehen, wie Sie frei bekommen können. Gehen Sie besser nicht das Risiko ein, einen Termin nach Arbeitsende oder Schulschluss zu vereinbaren. Was werden Sie tun, wenn es zu einer Verzögerung kommt und Sie nicht rechtzeitig weg können? Wollen Sie das Vorstellungsgespräch nicht nur absagen, sondern diese Absage womöglich auch noch in Anwesenheit Dritter vornehmen müssen? Es macht auch keinen rechten Sinn, einen morgendlichen Termin zu vereinbaren und danach wieder an die Arbeit zu gehen. Sie wissen nicht, ob sich das Gespräch vielleicht nach hinten verschiebt oder länger als geplant dauert. Wie wollen Sie sich optimal präsentieren, wenn Ihnen der Zeitdruck im Nacken sitzt und Sie dauernd überlegen müssen, welche Ausrede Sie bei Ihrem jetzigen Arbeitgeber auftischen könnten?

Wenn Sie übernachten müssen, dann fordern Sie vom Hotel eine Anfahrtsskizze an. Falls Sie für die Anreise zum Unternehmen keine Skizze erhalten haben, so sollten Sie auch diese rechtzeitig anfordern. Viele Firmen haben Wegbeschreibungen auf ihren Internetseiten.

Kalkulieren Sie unbedingt ausreichende Puffer für die Anreisezeit ein! Ein Stau, eine Fahrzeugpanne, ein verspäteter Zug oder ein abgesagter Flug sind für die meisten Unternehmen keine Entschuldigung für unpünktliches Erscheinen. Eine Verspätung bringt Sie nicht nur in unnötigen Stress, sie wirft auch ein schlechtes Licht auf Ihre Zuverlässigkeit und Ihre Organisationsfähigkeit. Haben Sie eine lange Anreise, dann versuchen Sie den Gesprächstermin auf den Vormittag zu legen. So können Sie am Vorabend anreisen und übernachten. Auch wenn Sie diese Übernachtung gegebenenfalls aus Ihrer eigenen Tasche bezahlen müssen, Sie sind auf jeden Fall ausgeruht und rechtzeitig zum Termin anwesend.

➲ *Planen Sie alle Zeiten grundsätzlich äußerst großzügig ein!*

Ausrüstung, Kleidung und Auftreten

Ausrüstung

Da es in jedem Vorstellungsgespräch nicht nur um die fachliche Wirkung für die Ausbildung geht, sondern sehr stark auch um Ihre eigene Person und Persönlichkeit, sind Sie selbst sozusagen das wichtigste »Ausrüstungsstück«. Sorgen Sie deshalb für optimale Voraussetzungen, das heißt, vermeiden Sie Alkohol oder langes Weggehen am Vorabend, damit Sie ausgeschlafen und selbstbewusst zu Ihrem Gespräch erscheinen können. Der erste Eindruck, der sich innerhalb weniger Sekunden bildet, ist oft entscheidend und im Nachhinein nur noch sehr schwer zu korrigieren.
Neben Ihrer Persönlichkeit mit all Ihren Fähigkeiten sollten Sie aber auch noch einige andere Dinge bei sich haben. Dies gilt übrigens in besonderem Maße dann, wenn Sie zu irgendeiner Art von Einstellungstest eingeladen sind oder auch nur mit der Möglichkeit rechnen müssen, dass Sie getestet werden. Sofern Sie eine schriftliche Einladung bekommen haben, was meistens der Fall ist, nehmen Sie unbedingt das Einladungsschreiben mit. In etlichen Unternehmen ist es gleichzeitig Ihre Berechtigung, das Firmengelände zu betreten, oder es dient dem Pförtner dazu, die entsprechende Abteilung über Ihr Kommen zu informieren.
Eine Kopie Ihrer Bewerbungsunterlagen sollten Sie ebenfalls dabeihaben, damit Sie sich vor dem Gesprächsbeginn

noch einmal vergewissern können, welche Angaben Sie gemacht haben. Ein tabellarischer Lebenslauf ist immer dann besonders nützlich, wenn Sie aufgefordert werden, Ihre Daten in ein Formular einzutragen.
Schreibgerät und Schreibpapier müssen Sie auf jeden Fall dabeihaben. Besser als eine Ansammlung loser Blätter ist ein Schreibblock oder ein Ringbuch, am besten neu und unbenutzt. Es empfiehlt sich, während des Gesprächs bereits wichtige Punkte zu notieren. So können Sie im Nachhinein noch einmal überprüfen, was Ihnen mitgeteilt oder was vereinbart wurde. Müssen oder können Sie sich zwischen verschiedenen Firmen und Angeboten entscheiden, helfen die Aufzeichnungen Ihnen dabei, die Ausbildungsplätze miteinander zu vergleichen und eine fundierte Entscheidung zu treffen. Außerdem macht es immer einen guten Eindruck, wenn jemand sich Notizen macht.
Ein Textmarker leistet gute Dienste, wenn Sie in einem Einstellungstest gefordert sind, einen längeren Text zu bearbeiten, um beispielsweise eine Zusammenfassung abzuliefern.
Falls Sie auf die Einnahme von Medikamenten angewiesen sind, sorgen Sie dafür, dass Sie diese auch bei sich haben.
Am besten sind alle benötigten Utensilien in einer Aktentasche oder einem Aktenkoffer aufgehoben, den Sie zum Gespräch mitnehmen. Weniger gut machen sich alle Arten alter Schultaschen. Wem ein Aktenkoffer zu übertrieben erscheint, der kann sich auch gut mit den schmalen Aktenmappen behelfen.
Da heute fast jeder ein Handy besitzt, noch eine Information dazu: Es versteht sich von selbst, dass Sie während eines Gesprächs oder eines Auswahlverfahrens Störungen vermeiden. Schalten Sie deshalb Ihr Handy rechtzeitig aus, bevor Sie das Unternehmen betreten. Es zeugt nicht gerade davon, dass Sie dem Gespräch einen hohen Stellenwert für Ihre berufliche Zukunft einräumen, wenn das Handy andauernd klingelt. Es stört die Konzentration aller Anwesenden, bringt Sie selbst auch schnell aus dem Konzept und

ist letzten Endes schlicht und einfach unhöflich. Kaum ein Anruf kann so wichtig sein, dass er negativen Einfluss auf Ihre Zukunftschancen haben sollte. Bei länger dauernden Einstellungstest gibt es fast immer auch Pausen. Nutzen Sie diese, um Ihre Nachrichten abzuhören, wenn es unbedingt sein muss. Denken Sie dabei aber daran, dass jede Unterbrechung Ihre Konzentration stört und somit eventuell auch Ihre Chancen für ein erfolgreiches Abschneiden vermindert. Sie sind hier, um Ihren Traumberuf zu erlernen, alles andere muss im Moment hinter diesem Ziel zurückstehen.

Kleidung

Achten Sie immer auf ein gepflegtes Erscheinungsbild und entsprechende, dem Anlass angemessene Kleidung. Was aber ist nun die »angemessene« Kleidung? Für jemanden, der bereits im Berufsleben steht, ist diese Frage schon nicht ganz einfach zu beantworten. Umso schwieriger ist es, wenn es sich um eine Ausbildungsstelle handelt.

Grundsätzlich sollte sich Ihre Kleidung an dem orientieren, was Sie später auch an diesem Arbeitsplatz tragen werden bzw. was für die angestrebte Position im Allgemeinen üblich ist. Das muss ganz gewiss nicht der schwarze Anzug oder ein gedecktes Kostüm sein. Zum einen hängt die Kleidung natürlich von Ihrem Alter ab. Dabei gilt: Je älter ein Bewerber ist, desto eher wird Business-Kleidung erwartet. Zum anderen ist der Anspruch an die Kleidung natürlich von dem Unternehmen und der angestrebten Ausbildung abhängig. Für einen handwerklichen Beruf bei einem kleinen Handwerksbetrieb ist legere Kleidung bzw. ein Freizeit-Look durchaus passend und ausreichend. Für die Ausbildung bei einer Bank wäre zu legere Kleidung bereits ein Grund für eine Absage. Das, was eine Bank als angemessen betrachtet, wird wiederum in einer trendigen Boutique als völlig unpassend bewertet werden.

Achten Sie rechtzeitig vor einem möglichen Vorstellungsgespräch einmal darauf, was in der entsprechenden Branche getragen wird und wie die jüngeren Mitarbeiter gekleidet sind.

Falls Sie sich nicht ganz sicher sind, gilt: Kleiden Sie sich besser etwas zu elegant als zu lässig.

Verzichten Sie lieber auf ausgefallene Kleidung, die meisten Unternehmen in Deutschland sind, was das äußere Erscheinungsbild ihrer Mitarbeiter angeht, eher konservativ. Denken Sie auch daran, dass Sie es häufig mit Personalleitern im gehobenen Alter zu tun haben. Was für Sie durchaus tragbar erscheint, kann diesen Menschen bereits als völlig ausgeflippt gelten. Großunternehmen sind übrigens inzwischen in Bezug auf die Bekleidung ihrer Auszubildenden wesentlich lockerer geworden, als es noch vor ein paar Jahren der Fall war.

Egal, was Sie nun tragen, Ihre Kleidung muss für Sie bequem sein, da ein Vorstellungsgespräch ohnehin anstrengend genug ist. Sie sollten Ihre Konzentration und Ihr Erscheinungsbild nicht durch schlecht sitzende Bekleidung negativ beeinflussen.

Vergessen Sie bitte nicht: Auch Ihre Schuhe sind ein Bestandteil der Kleidung. Ein perfekt sitzender Anzug hilft Ihnen nichts, wenn Sie dazu ausgelatschte Turnschuhe tragen. In den meisten Bereichen sind Turnschuhe ohnehin vollkommen unpassend.

Zu einer vollständigen Garderobe gehört auch immer ein sauberes und unbenutztes Taschentuch.

Ein ganz wichtiger Punkt betrifft Ihre Frisur! Dass die Haare frisch gewaschen und gekämmt sein sollten, versteht sich wohl von selbst. Auch ein Haarschnitt kann nichts schaden. Vereinbaren Sie rechtzeitig einen Termin bei Ihrem Friseur, wenn Sie sich in einer heißen Bewerbungsphase befinden.

Bei Männern spielt auch ein gepflegter Bart bzw. eine gründliche Rasur eine erhebliche Rolle. Der Dreitagebart ist nur in einigen Branchen und bei wenigen Jobs eine passende Optik. Wer einen Irokesenschnitt hat und sich davon nicht trennen will, sollte nicht versuchen, den Ausbildungsplatz mit einem Fassonschnitt zu ergattern. Wenn Ihnen Ihre individuelle Frisur wirklich so wichtig ist, dann stehen Sie dazu! Sie müssen vielleicht einige Absagen mehr hinnehmen, andererseits werden Sie in einem Unternehmen, das Ihren Haarschnitt nicht akzeptiert, auch anderweitig kaum glücklich werden.
Sauber geschnittene und gepflegte Fingernägel sind ebenfalls Bestandteil Ihres Auftretens. Schriller oder schwarzer Nagellack kommen in vielen Branchen auch nicht positiv an. Für diesen ersten Termin sollte es eher etwas dezenter sein. Handelt es sich allerdings um ein entsprechendes Unternehmen, zu dessen Auftritt Ihr Outfit genau passt, können schwarz lackierte Fingernägel ein großer Schritt in Richtung einer Zusage sein. Auch hier gilt: Vor dem Termin einmal umsehen erleichtert die Vorbereitung.
Achten Sie auf frischen Atem, zum Beispiel mithilfe von Kaugummi oder Pfefferminz. Auch Körpergeruch sollten Sie durch entsprechende Hilfsmittel in einem üblichen Maß halten.

Die nachfolgende Checkliste wird Ihnen helfen, einen Überblick über all die Dinge zu behalten, die Sie zu Ihrem Vorstellungsgespräch bei sich haben sollten.

Sauberer Mantel oder Jacke.	
Passende, saubere Kleidung, die dem Anlass und dem Unternehmen angemessen ist. Dies muss bei Auszubildenden nicht unbedingt der Anzug sein, Freizeitkleidung kommt allerdings auch nicht gut an. Verzichten Sie als Frau auf tiefe Ausschnitte oder ärmellose Blusen.	

Eine ausreichende Anzahl an Hemden bzw. Blusen, passend zur Kleidung. Vermeiden Sie dabei knallige Farben!	
Wenn Anzug, dann suchen Sie sich mehrere, zum Anzug passende Krawatten ohne Flecken aus. Nehmen Sie auch zu einem kurzen Gesprächstermin sicherheitshalber eine Ersatzkrawatte mit.	
Socken, die farblich zur Kleidung und zu den Schuhen passen. Es gilt noch immer, dass die Socken in der Farbe der Schuhe sein sollten. Tennissocken sind definitiv ungeeignet für den Anlass!	
Für Bewerberinnen gilt: Tragen Sie immer Strümpfe, zeigen Sie nie das nackte Bein.	
Saubere Schuhe, die sich in einem einwandfreien Zustand befinden. Bei Bewerbern sind fast immer schwarze Schuhe angebracht.	
Wenn Sie Schmuck tragen, dann bitte nur dezent.	
Gleiches gilt für das Make-up.	
Taschentuch.	
Alles, was Sie für eine Übernachtung benötigen.	
Einen Wecker.	
Brille oder Kontaktlinsen mit Reinigungsmittel.	
Alle benötigten Medikamente. Durch den Stress, der durch einen solchen Termin meist entsteht, empfiehlt es sich, Kopfschmerztabletten mitzunehmen. Am besten eignen sich Kautabletten.	
Aktentasche oder ein Aktenkoffer.	
Personalausweis.	
Führerschein.	
Diverse Schreibgeräte.	
Ausreichend Schreibpapier, am besten einen Schreibblock.	

Textmarker.	
Für Tests empfiehlt sich ein Taschenrechner.	
Ihr Anschreiben.	
Eine Kopie des Lebenslaufes.	
Das Einladungsschreiben.	
Die Anfahrtsskizze oder ein Stadtplan.	
Falls Sie übernachten, nehmen Sie die Hotelbestätigung mit.	
Bahnticket.	
Ausreichend Bargeld, auch Kleingeld.	
Kreditkarte und/oder ec-Karte.	
Terminkalender.	

Auftreten

Neben dem persönlichen Erscheinungsbild, das zunächst einmal durch die Kleidung geprägt wird, ist hier Ihr Auftreten als Person gemeint.
Versuchen Sie lieber erst gar nicht, sich über einen längeren Zeitraum als Schauspieler betätigen zu wollen. In den meisten Fällen merken die Gesprächspartner dies ohnehin und werten es als Negativmerkmal, da der Verdacht besteht, dass Sie etwas zu verbergen haben. Sollte es Ihnen dagegen tatsächlich gelingen, alle Anwesenden täuschen zu können, wird es Ihnen später äußerst schwer fallen, diese Schauspielerei tagtäglich zu wiederholen. Niemand erwartet von Ihnen, dass Sie in allen Bereichen perfekt sind, den Personalverantwortlichen ist durchaus bewusst, dass sie Menschen vor sich haben. Verschwenden Sie Ihre Energie nicht darauf, anderen etwas vorzuspielen, bleiben Sie lieber sich selbst treu.
Wichtig ist, dass Sie Ihre Gesprächspartner ausreden lassen. Hören Sie genau zu und antworten Sie dann. So manche

übereilte Antwort auf eine nur halb verstandene Frage hat einen Bewerber schon um den sicher geglaubten Ausbildungsplatz gebracht. Durch Zuhören erhalten Sie außerdem wichtige Informationen, die Sie sich durchaus notieren dürfen.
Die gelegentlich verbreitete Ellbogenmentalität, bei der Sie sich um jeden Preis durchsetzen wollen, kommt in der Bewertung Ihrer Person nicht gut an. Man wird Ihnen wahrscheinlich mangelnde Team-Fähigkeit unterstellen. Genauso wenig sind allerdings auch die zukünftigen Mitarbeiter gefragt, die zu keinem Thema eine eigene Meinung haben oder sich nicht durchsetzen können. Der goldene Mittelweg ist hier sicher das geeignete Mittel zum erfolgreichen Auftritt. Letztlich bewerben Sie sich um eine Ausbildung, also kann niemand von Ihnen erwarten, dass Sie alle berufsbezogenen Fragen bereits heute beantworten können.

Der kleine Knigge

Die allgemein anerkannten gesellschaftlichen Umgangsformen gelten selbstverständlich auch für ein Vorstellungsgespräch oder die Teilnahme an einem Auswahltest.
Falls Sie absehen können, dass Sie sich trotz aller Vorbereitungen und ausreichend Puffern verspäten werden, dann informieren Sie das Unternehmen unverzüglich telefonisch. Entschuldigen Sie sich auf jeden Fall für die Verzögerung. Eine nochmalige Entschuldigung bei Ihrem Eintreffen ist hier ebenfalls angebracht.
Ein etwas heikles Thema ist das Rauchen. Nicht überall, wo ein Aschenbecher steht, ist Rauchen auch erwünscht. Achten Sie unbedingt darauf, nur dort zu rauchen, wo es auch erlaubt ist. In einigen Firmen wird Rauchen als negativer Faktor eingestuft, es ist durchaus möglich, dass Sie dann gefragt werden, warum Sie rauchen. Sorgen Sie zumindest nach der Zigarette für frischen Atem. Wenn es Ihnen mög-

lich ist, dann verzichten Sie ab dem Betreten des Firmengeländes auf die Zigarette.
Lehnen Sie Alkohol grundsätzlich mit einem freundlichen Nein ab. Dies muss ja nicht bedeuten, dass Sie nie Alkohol trinken. Machen Sie ruhig deutlich, dass Alkohol während der Arbeitszeit für Sie ein Tabu ist.
Klopfen Sie prinzipiell an Bürotüren an. Auch wenn die Türe offen steht, können Sie kurz gegen den Türrahmen klopfen, um sich bemerkbar zu machen.
Grüßen Sie Mitarbeiter, die Ihnen auf Ihrem Weg begegnen. Der Tagesgruß ist eine allgemein anerkannte Form der Höflichkeit. Sie können nicht wissen, wer Ihnen da gerade begegnet, es kann durchaus Ihr zukünftiger Chef sein.
Wenn Sie sich verlaufen haben, was durchaus einmal passieren kann, dann fragen Sie nach dem Weg, bevor Sie ziellos durch das Unternehmen irren. Erklären Sie, wohin und zu wem Sie wollen, und bitten Sie um Hilfe.
Nehmen Sie erst dann Platz, wenn Ihnen dieser angeboten worden ist, und stehen Sie auf, sobald eine weitere Person den Raum betritt.

Die Begrüßung

Gehen Sie immer davon aus, dass Ihr Vorstellungsgespräch bereits in dem Moment beginnt, in dem Sie das Unternehmen oder den Treffpunkt betreten. Manche Firmen wollen Sie ganz gezielt in verschiedenen Situationen beobachten. Dies kann natürlich auch Ihre Ankunft an einem für Sie mehr oder weniger unbekannten Ort sein.
Sind Sie zu einem Termin eingeladen, an dem gleichzeitig mehrere Bewerber oder Kandidaten teilnehmen, dann machen Sie sich mit den anderen Anwesenden bekannt. Versuchen Sie dabei gleich, sich die Namen einzuprägen.
Begrüßen Sie immer auch den Pförtner oder die Dame am Empfang. Stellen Sie sich dabei namentlich vor und sagen

Sie, dass Sie einen Termin haben. Nennen Sie den Namen des Gesprächspartners oder zumindest derjenigen Person, von der Sie die Einladung erhalten haben. Selbst wenn Sie bereits wissen, wohin Sie gehen müssen, sollten Sie sich der guten Ordnung halber am Empfang anmelden.

Jedes Unternehmen hat andere Gepflogenheiten. Entweder holt man Sie am Eingang ab oder Sie werden gebeten, sich zu einem bestimmten Raum zu begeben. Wenn Sie warten müssen, bis Sie abgeholt werden, dann tun Sie dies am besten im Stehen. Meist wird man Sie nicht lange warten lassen. Falls im Wartebereich Unternehmensinformationen offen ausliegen, dann können Sie die Zeit nutzen, um sich weiter zu informieren. Verzichten Sie aber darauf, solche Broschüren einzustecken, ohne vorher nach einer Erlaubnis zu fragen. Mitunter kommt es vor, dass man Sie in einem Büro warten lässt. Auch wenn Sie die Neugier plagt, lassen Sie die Finger und die Augen von offen herumliegenden Unterlagen.

Anders als im privaten Umfeld gilt bei geschäftlichen Terminen (und um einen solchen handelt es sich auch bei einem Vorstellungsgespräch): Warten Sie, bis man Ihnen die Hand zur Begrüßung reicht. Nennen Sie beim Händedruck Ihren Namen, es sei denn, Ihr Gesprächspartner begrüßt Sie bereits namentlich.

Werden Ihnen weitere Gesprächsteilnehmer vorgestellt, dann begrüßen Sie auch diese. Sie brauchen dabei nicht jedes Mal wieder Ihren Nachnamen zu nennen, ein Tagesgruß genügt. Hören Sie gut zu und merken Sie sich die Namen aller Gesprächsteilnehmer und, wenn möglich, auch deren Position im Unternehmen.

Überhaupt ist während der gesamten Begrüßung Ihre Fähigkeit zum Zuhören gefragt. Stellen Sie zu diesem Zeitpunkt möglichst keine eigenen Fragen. Sie können in einem so frühen Stadium sehr schnell zu einem negativen Eindruck führen. Lassen Sie die Unternehmensseite das Gespräch beginnen.

Stellt sich jemand mit seinem Titel, zum Beispiel Doktor, vor, dann verwenden Sie in der Anrede diesen Titel auch wieder. Manche Menschen reagieren sehr empfindlich darauf, wenn man auf die Anrede mit ihrem Titel verzichtet.
Achten Sie bei Ihrem Händedruck darauf, dass er weder zu weich ist, noch dem anderen die Knochen bricht. Feuchte Hände sollten Sie sich kurz vor Betreten des Raumes noch einmal abtrocknen. Dazu eignet sich ein zweites Taschentuch, das Sie nur zu diesem Zweck mit sich führen.
Sollten Sie die Toilette aufsuchen müssen, so ist jetzt der geeignete Zeitpunkt dafür. Bitten Sie um Entschuldigung und sagen Sie, dass Sie sich frisch machen möchten. Fragen Sie dann nach dem Weg zu einer Toilette. Prägen Sie sich den Weg dorthin gut ein, damit Sie den Rückweg möglichst direkt wieder finden.

Das Gespräch

Fast immer wird das Gespräch seitens des Unternehmens mit der Frage nach Ihrer Anreise eröffnet. Egal, wie diese war, danken Sie für die Nachfrage und sagen Sie, dass Sie eine gute Anreise hatten. Niemand will hören, welche Strecke Sie gefahren sind oder wie der Verkehr war. Diese Art der Eröffnung soll lediglich das Eis brechen. Eine Ausnahme gibt es natürlich: Wenn Sie verspätet eingetroffen sind, dann entschuldigen Sie sich dafür und bedanken Sie sich für das Verständnis. Verzichten Sie auf weitschweifige Begründungen, woran die Verspätung gelegen hat.
Häufig nutzen Unternehmen nun die Gelegenheit, um Ihnen eine kurze Vorstellung der Firma zu geben, sei es durch die Geschäftsführung, den Personalleiter oder den für die Ausbildung zuständigen Mitarbeiter. Gerne wird auch eine kurze Präsentation auf einem PC oder Notebook über das Unternehmen und seine Produkte oder Dienstleistungen eingesetzt. Hören Sie dabei gut zu, auch wenn Sie sich bereits im Vorfeld

ausführlich über die Firma informiert haben. Es wird sicher Details geben, die Ihnen noch nicht bekannt sind und die Ihnen helfen können, sich ein besseres Bild zu verschaffen. Oft wird bei dieser Gelegenheit auf den Ablauf der Ausbildung Bezug genommen und die Bedeutung für das Unternehmen herausgestellt. Aus diesen Aussagen können Sie einiges darüber entnehmen, was auf Sie zukommen wird.

Fast immer sind sich die Personalverantwortlichen bewusst, dass Sie als Bewerber unter Stress stehen, und werden daher versuchen, es Ihnen etwas angenehmer zu machen. Meist wird als Einstieg noch einmal Ihre Bewerbung angesprochen und Sie werden gebeten, Ihren Lebenslauf wiederzugeben. Natürlich liegt diese Information bereits vor, man möchte Sie jedoch noch einmal aus Ihrem Mund hören. Wenn Sie keine Berufserfahrung haben, legen Sie den Schwerpunkt auf Ihre bisherige Ausbildung und begründen Sie, warum Sie gerade diesen Beruf erlernen wollen. Zeigen Sie bei dieser Gelegenheit auch auf, warum Ihr Werdegang so und nicht anders war. Haben Sie eine Lücke oder einen Bruch in Ihrem Lebenslauf, dann sprechen Sie dies von sich aus an und erläutern Sie die Gründe dafür. Sie nehmen damit eine Frage vorweg, die ohnehin kommen wird, und zeigen dadurch Initiative und Selbstvertrauen.

Haben Sie sehr viele Stationen durchlaufen, empfiehlt es sich, den Lebenslauf zu Gesprächsbeginn so auf den Tisch zu platzieren, dass Sie ihn jederzeit einsehen können. Am besten legen Sie Ihren Schreibblock und einen Stift gleich mit dazu.

Sprechen Sie niemals schlecht über einen früheren Arbeitgeber, selbst wenn es sich nur um einen Ferienjob gehandelt hat! Daraus wird nur geschlossen, dass Sie eines Tages auch schlecht über den möglichen neuen Arbeitgeber sprechen werden.

Drücken Sie sich klar und deutlich aus. Vermeiden Sie Formulierungen wie: »eventuell«, »vielleicht«, »es könnte sein«. Unternehmen bevorzugen Bewerber, die durchaus wissen,

was sie wollen. Achten Sie gleichzeitig darauf, nicht großspurig und überheblich aufzutreten.
Beantworten Sie Fragen sachlich und präzise. Erzählen Sie keine Romane, sondern vermitteln Sie Informationen. Das bedeutet keineswegs, dass Sie nur im Telegrammstil die Fragen abhaken sollten.
Die Führung des Gesprächs obliegt dem Personalverantwortlichen. Wenn er viel reden will, dann lassen Sie ihm das Vergnügen und hören ihm aufmerksam zu.
Erfahrene Beobachter achten auch auf Ihr Verhalten, vor allem auf Ihre Körpersprache. Sie können diese natürlich nicht so ohne weiteres verstellen. Vermeiden Sie es aber, mit den Händen dauernd an Ihrer Kleidung zu zupfen oder mit Ihren Haaren zu spielen.
Schauen Sie Ihrem Gesprächspartner in das Gesicht, ohne ihn gleich anzustarren. Haben Sie es mit mehreren Anwesenden zu tun, dann lassen Sie Ihren Blick gelegentlich über alle Personen schweifen und sehen Sie die einzelnen Gesprächsteilnehmer immer wieder direkt an.
Geben Sie den Anwesenden die Gelegenheit, Fragen zu stellen. Dazu legen Sie nach jedem Abschnitt Ihres Lebenslaufs eine kurze Pause ein. Kommen keine Fragen, dann fahren Sie mit Ihrer Präsentation fort.
Gerne werden auch Fragen danach gestellt, wie Sie sich denn die Ausbildung und die dazugehörigen Aufgaben vorstellen. Meist kennen Sie weder das Unternehmen noch seine Strukturen gut genug, um im Detail antworten zu können. Beschreiben Sie die Aufgabenstellung so, wie Sie es aus Ihrer Erfahrung heraus tun können. Beziehen Sie dabei vor allem die Informationen aus einer eventuell vorangegangenen Vorstellung des Unternehmens mit ein. Je besser Sie sich vorher über die Firma informiert haben, desto leichter wird es Ihnen nun fallen, hier Schwerpunkte zu setzen.
Weitere Fragen, mit denen Sie rechnen können, und passende Antworten darauf finden Sie in diesem Kapitel unter der Überschrift »Fragen und Antworten«.

Denken Sie immer daran, dass ein gutes Gespräch in Form eines Dialoges verläuft. Lassen Sie die Gesprächspartner zu Wort kommen, nehmen Sie aber auch an der Unterhaltung teil.
Irgendwann werden diese Themen abgehandelt sein, meist entsteht dann eine Lücke im Gesprächsfluss. Für gewöhnlich kommt nun eine Wende im Ablauf und Sie werden aufgefordert, Ihre eigenen Fragen zu stellen.
Egal, wie das Gespräch bis hierhin gelaufen ist, wenn Sie jetzt keine Fragen parat haben, stehen Sie ganz schlecht da. Eine vorbereitete oder – besser noch – im Kopf behaltene Fragenliste leistet Ihnen nun gute Dienste. Achten Sie jedoch darauf, Ihre Fragen nicht einfach nur abzuspulen. Manche Punkte haben sich vermutlich bereits im Verlauf des Gesprächs geklärt. Wenn Sie diese nun einfach heraussprudeln, wird man daraus auf mangelnde Aufmerksamkeit, vielleicht sogar Desinteresse oder niedrige Intelligenz folgern. Zum einen sollen Ihre Fragen dem Unternehmen signalisieren, dass Sie Interesse an einer Mitarbeit haben, zum anderen dienen sie auch dazu, Ihnen zu einer Entscheidung zu verhelfen. Mögliche Fragen finden Sie in diesem Kapitel unter »Fragen und Antworten«.

Seien Sie während des ganzen Gesprächs aufmerksam. Vermuten Sie nicht hinter jeder Frage eine Falle oder Böswilligkeit.

Vielfach findet einige Zeit nach dem ersten Gespräch ein zweites statt, zu dem nur noch einige wenige Bewerber eingeladen werden. In diesem Zweitgespräch will man herausfinden, ob Sie von Ihrer Persönlichkeit her zu dem Unternehmen passen. Außerdem werden dabei meist die Details der Ausbildung besprochen und ergänzende Fragen gestellt bzw. beantwortet.

In diese Gesprächsrunde können Sie wesentlich entspannter gehen, da Ihnen die meisten Teilnehmer und das Umfeld nun bereits bekannt sind. Legen Sie den Schwerpunkt Ihres Gesprächsanteils jetzt auf die Punkte, die dem Unternehmen bei dem ersten Termin offensichtlich am wichtigsten waren. Hilfreich dazu ist es, wenn Sie bereits nach dem ersten Gespräch eine Nachbereitung betrieben haben. Solche Zweitgespräche finden bei manchen Firmen auch im Kreise mehrerer Bewerber statt. Gehen Sie davon aus, dass nicht nur eine Stelle zu besetzen ist und es sich bei den anderen Anwesenden um Ihre zukünftigen Mitstreiter handeln wird.
Da Sie nicht im Voraus wissen können, ob es ein zweites Gespräch geben wird und ob Sie dazu eingeladen werden, müssen Sie so tun, als ob das erste Gespräch auch das einzige wäre – es sei denn, Sie wurden bereits vorab darüber informiert, dass es mehr als eine Runde geben wird. Viele Firmen behalten das jedoch zunächst lieber für sich. So können sie nach dem ersten Durchgang frei entscheiden, wer in eine weitere Runde kommen wird.

Was wird bezahlt?

Während bei einem Bewerber mit Berufserfahrung das Vorstellungsgespräch auch einem ersten Abklopfen der Gehaltsvorstellungen dient, entfällt dies für gewöhnlich bei Auszubildenden. Entweder gibt es eine tarifliche Bezahlung oder das Unternehmen hat eine eigene Entlohnungsstruktur. Um die Bezahlung für Auszubildende wird im Normalfall nicht verhandelt. Trotzdem sollten Sie die Möglichkeit nutzen, nach der Bezahlung zu fragen. Niemand wird Ihnen abnehmen, dass Sie nur an einer Ausbildung interessiert sind und nicht auch an einem Lohn für Ihre Leistungen.
Im Zusammenhang mit der Bezahlung können Sie weitere Themen ansprechen: vermögenswirksame Leistungen, Fahrt-

kostenerstattung, Urlaubs- und Weihnachtsgeld, Urlaubstage etc. Stellen Sie einfach Ihre Fragen zu diesen Bereichen, schließlich haben Sie ein Recht darauf zu wissen, was auf Sie zukommt.
Haben Sie, wie oben angesprochen, bereits vorab geklärt, ob Ihnen die Kosten für Ihre Anreise erstattet werden, so ist jetzt der richtige Zeitpunkt gekommen, um zu klären, in welcher Form dies geschehen soll.

Die Verabschiedung

Kommt der Ausbildungsplatz für Sie nicht infrage, egal aus welchem Grund, dann drücken Sie Ihr Bedauern darüber aus – falls Sie sich vorstellen können, bei dieser Firma eines Tages in einer anderen Position anzufangen. Vermeiden Sie es, sich negativ über das Unternehmen, das Ausbildungskonzept oder ähnliche Punkte zu äußern. Sie wissen nie, wann und wie Sie vielleicht eines Tages wieder Kontakt zu dieser Firma bekommen werden. Bedanken Sie sich für das Gespräch und fragen Sie, ob Sie Ihre Bewerbungsunterlagen gleich mitnehmen können.
Sagt man Ihnen direkt ab, was selten vorkommen wird, schlucken Sie Ihre Enttäuschung hinunter. Bedanken Sie sich trotzdem für das Gespräch und fragen Sie auch in diesem Fall nach der Rückgabe Ihrer Bewerbungsmappe. Sie können diese Gelegenheit gleich dazu nutzen, nach den konkreten Gründen für die Entscheidung gegen Sie zu fragen. Wenn man Ihnen diese nennt, können Sie vielleicht Ihr nächstes Vorstellungsgespräch besser vorbereiten oder anders gestalten und ziehen zumindest noch einen Nutzen aus der Absage.
In den meisten Fällen werden Sie am Ende des Gesprächs nicht wissen, ob Sie den Ausbildungsplatz oder eine Einladung zu einem zweiten Gespräch bekommen. Die meisten Personalverantwortlichen ziehen es zudem vor, Absagen

schriftlich zu schicken und ihre Entscheidung den Bewerbern nicht direkt ins Gesicht zu sagen. Bedanken Sie sich für das Gespräch und drücken Sie Ihre Hoffnung auf eine Zusammenarbeit aus oder bekunden Sie noch einmal Ihren Wunsch, von diesem Unternehmen einen Ausbildungsplatz zu erhalten. Fragen Sie, wie es nun weitergehen wird. Sie zeigen damit Interesse und haben die Chance auf weitere Informationen.

Fragen und Antworten

Jedes Vorstellungsgespräch oder Interview besteht zu einem guten Teil aus Fragen. Zum einen wird man Ihnen Fragen stellen, um mehr über Sie zu erfahren, um herauszufinden, was Sie motiviert und wie ernsthaft Sie den Beruf lernen wollen, oder um Sie mit anderen Bewerbern vergleichen zu können. Zum anderen erwartet man Fragen Ihrerseits, die Ihr Interesse an der Ausbildung und dem Unternehmen zeigen.
Kein Buch kann alle Fragen, die Ihnen gestellt werden könnten, auflisten. Es gibt jedoch eine ganze Reihe von Standardfragen, die so oder so ähnlich in fast jedem Gespräch vorkommen.

Typische Fragen

Einige Firmen arbeiten mit standardisierten Fragenkatalogen, um die Ergebnisse der einzelnen Bewerber leichter miteinander vergleichen zu können. Geschulte Interviewer werden Ihnen überwiegend offene Fragen stellen, auf die Sie eine längere Antwort als nur ein Ja oder Nein geben müssen. Der Schwerpunkt der Fragen wird sich damit befassen, warum Sie diesen Beruf erlernen wollen, warum gerade bei dieser Firma und wie Sie sich Ihre Zukunft vorstellen. Eine gerne benutzte Einstiegsfrage lautet:

»Wie sind Sie darauf gekommen, diesen Beruf lernen zu wollen?«
Diese Frage soll nicht nur Informationen liefern, sondern Ihnen den Einstieg in diesen Gesprächsteil erleichtern. Für den Fragenden bietet dieser Beginn die Möglichkeit, längere Antworten von Ihnen zu erhalten und dort nachzufragen, wo es ihm nötig erscheint. Sie haben nun die Gelegenheit, deutlich zu machen, was Sie an dem Berufsbild und auch an dem Unternehmen interessiert. Gut machen sich immer Begründungen, die zeigen, dass Ihre Entscheidung nicht nur aus einer momentanen Laune heraus getroffen wurde. Vermeiden Sie es allerdings, zu sehr auszuschweifen, nur um Zwischenfragen zu vermeiden – diese Fragen kommen ohnehin.

»Warum haben Sie nicht das Abitur gemacht?«
Fragen zu Ihrer Ausbildung werden gerne gestellt, da die Antworten Einblicke in Ihre Motivation und Zielstrebigkeit erlauben. Diese Frage wird oft in einem etwas provozierenden und abfälligen Ton ausgesprochen, der leicht als Kritik aufgefasst werden kann. Dies ist auch genau so beabsichtigt! Es ist nicht nötig, sich zu verteidigen, nennen Sie einfach die Gründe, die Sie zu dem Schulabschluss bewogen haben, den Sie besitzen. Vorsicht: Jammern über angeblich verpasste Chancen oder ungerechte Benotungen kommen nie gut an!

»Welche Hobbys oder privaten Interessen haben Sie?«
Zu einem vollständigen Bild über Ihre Person gehört natürlich auch der private Bereich. Wer hier behauptet, nur Zeit für die Schule gehabt zu haben, stellt sich selbst in ein schlechtes Licht und wirkt unglaubwürdig. Sogar bei einem Spitzenzeugnis sollte die Freizeit nicht zu kurz gekommen sein. Aus dem Fehlen privater Interessen oder Hobbys wird gerne geschlossen, dass Sie ein Eigenbrötler sind, den niemand unbedingt in einer Firma haben will.

Wenn Sie andererseits ein Hobby haben, das extrem zeitaufwändig ist, kann das ebenso negativ ankommen. Schnell ergibt sich daraus die Frage, ob Sie auch genügend Zeit für die Ausbildung aufwenden werden. Vorsicht ist ebenfalls geboten, wenn Sie Extremsportarten wie zum Beispiel Bungeejumping betreiben. Viele Firmen sehen dies aufgrund des tatsächlichen oder vermeintlichen Verletzungsrisikos nicht gerne. Häufig wird Ihnen dann gleich Leichtsinn unterstellt, der Sie auch in Ihren beruflichen Aufgaben kennzeichnen könnte.

»Warum wollen Sie gerade in unserer Firma eine Ausbildung machen?«
Nach Ihren Motiven für die Bewerbung wird so gut wie immer gefragt. Sie sollten jetzt klar sagen können, was für das Unternehmen gesprochen hat. Die Nähe zum Wohnort ist gerade bei Auszubildenden sicher ein schlagkräftiges Argument. Wenn allerdings sonst nichts für die Firma gesprochen hat, kommen sehr schnell Zweifel auf, ob man wirklich in Sie investieren will. Gerne schließen sich daran folgende Fragen an:
»Bei welcher Firma hätten Sie sich noch beworben?«
»Warum glauben Sie, dass dieser Beruf für Sie der richtige ist?«

»Wo liegen Ihre Stärken?«
Jetzt ist die Selbsteinschätzung gefragt. Stellen Sie sich weder als Alleskönner dar noch als Versager. Bevor Sie zu einem Gespräch gehen, sollten Sie sich Ihre Stärken aufschreiben, um auf diese Frage vorbereitet zu sein. Sie gehört zu den Standardfragen bei Einstellungen jeder Art.

»Welche Ziele wollen Sie nach der Ausbildung erreichen?«
Ihr Gesprächspartner will jetzt erfahren, ob Sie nur einen Ausbildungsplatz suchen oder ob Sie, einen guten Abschluss der Ausbildung vorausgesetzt, länger bei diesem Unternehmen bleiben werden.

Keiner kann ernsthaft verlangen, dass Sie sich nun bereits endgültig festlegen. Da eine Firma allerdings Zeit und Geld in ihre Auszubildenden investiert, möchte man gute Mitarbeiter auch gerne übernehmen. Es besteht überhaupt kein Grund, hier nicht zu sagen, dass Sie sich vorstellen können, nach Ihrer Ausbildung weiter in dieser Firma zu bleiben. Niemand kann Sie später deswegen darauf festnageln.

Wollen Sie an die Ausbildung noch eine Weiterbildung anschließen, sollten Sie dieses Thema nur dann ansprechen, wenn Sie Weiterbildung und Arbeit bei diesem Unternehmen verbinden könnten. Andernfalls könnte es passieren, dass Sie die Ausbildungsstelle zwar erhalten, man davon aber ausgeht, dass Sie später wegen Ihres Weiterbildungswunsches nicht übernommen werden wollen. Ändern sich Ihre Absichten jedoch, könnte es geschehen, dass nun kein Platz für Ihre Übernahme mehr vorhanden ist.

»Wenn Ihr Vorgesetzter anderer Meinung ist als Sie, Sie sich aber Ihrer Sache sicher sind, was tun Sie dann?«

Es geht bei dieser Frage vordergründig um Ihr Konfliktverhalten und um Ihr Durchsetzungsvermögen. Ein potenzieller Arbeitgeber legt Wert darauf zu sehen, dass Sie in letzter Konsequenz die Hierarchien respektieren und gegebene Anweisungen ausführen. Kleinlautes Nachgeben, stures Festhalten am eigenen Vorschlag oder endlose Diskussionen mit dem Chef sind in den meisten Firmen nicht gefragt.

Zeigen Sie, dass Sie zu Ihren Vorschlägen stehen, argumentieren Sie sachlich, nennen Sie mögliche Konsequenzen und akzeptieren Sie letzten Endes, dass Ihr Vorgesetzter die Entscheidungsgewalt hat.

Da Sie für gewöhnlich noch keine Berufserfahrungen haben, kann man Ihnen dazu auch keine weiteren Fragen stellen. Allerdings tauchen an dieser Stelle gerne Fragen danach auf, wie Sie sich in das Unternehmen und die Ausbildung einfügen würden.

»Wie teilen Sie sich Ihren Arbeitstag und Ihre Termine ein?«
»Wie reagieren Sie auf plötzliche Terminverschiebungen?«
»Nach welchen Kriterien legen Sie die Prioritäten Ihrer Arbeit fest?«
All diese Fragen sind rein hypothetisch, da Sie meist keine oder zu wenig Berufserfahrung haben, um hier konkrete Situationen beschreiben zu können. Sagen Sie dies zu Beginn Ihrer Antwort ruhig auch. Niemand kann Ihnen das verübeln. Wenn das allerdings alles ist, was Ihnen einfällt, stehen Sie ziemlich schlecht da. Also finden Sie Antworten! Beschreiben Sie die Lösungen so, wie Sie Ihnen sinnvoll erscheinen. In den allermeisten Fällen geht es hierbei nicht darum, von Ihnen hundertprozentig praktikable Lösungsmöglichkeiten zu bekommen. Es wird erwartet, dass Sie Antworten geben, die dem gesunden Menschenverstand entsprechen.

Fangfragen

Um den Wahrheitsgehalt der Aussagen in Ihrem Bewerbungsschreiben oder der Angaben, die Sie im bisherigen Gesprächsverlauf gemacht haben, zu überprüfen, werden gerne Fangfragen gestellt, die dazu dienen sollen, Sie bei falschen Angaben zu ertappen. Die meisten dieser Fragen sind aber nicht dazu gedacht, Sie aus dem Rennen zu werfen, sonst hätte man sich nicht die Zeit genommen, bis jetzt damit zu warten! Ungeschickte Antworten können Sie jedoch in einem ungünstigen Licht erscheinen lassen und Ihre Chancen auf den Ausbildungsplatz mindern.

»Wo liegen Ihre größten Schwächen?«
Den meisten Menschen fällt es relativ leicht, eigene Stärken zu nennen, die Angabe von Schwächen bereitet dagegen oft ein Problem. Dies gilt im Allgemeinen ganz besonders für Jugendliche. Überlegen Sie schon vor einem Gesprächstermin, welche Schwächen Sie haben, und wählen Sie dann ein

oder zwei aus, die Sie gegebenenfalls nennen wollen. Günstig sind all die Schwächen, die nur geringe oder keine Auswirkungen auf den angestrebten Beruf haben würden. Da jeder Mensch seine persönlichen Schwächen hat, will der Fragesteller von Ihnen hören, dass Sie diese nennen und dazu stehen. Sagen Sie, wie Sie damit umgehen und was Sie gegebenenfalls unternehmen, um die Schwächen abzubauen. Die am häufigsten gegebene Antwort auf die Frage nach den Schwächen lautet: »Meine Ungeduld.«. Da Ungeduld nicht nur als Schwachpunkt angesehen wird, sondern auch für Aktivität und den Willen, etwas zu bewegen, steht, erhoffen sich manche Bewerber dadurch, das Thema zu umgehen. Versuchen Sie es nicht mit dieser Taktik! Wer häufig mit Bewerbern zu tun hat, hat diese Antwort zu oft gehört und weiß, worauf Sie hinauswollen.

»Was ist Ihnen lieber: telefonieren, schreiben oder ein persönliches Gespräch?«
Aus der Antwort werden Rückschlüsse auf Ihr Kommunikationsverhalten gezogen. Telefonieren geht schnell, ist aber unpersönlich, schreiben ist langwierig und gibt dem anderen keine Möglichkeit zur direkten Reaktion. Am elegantesten scheint der persönliche Kontakt zu sein, zumal sich Missverständnisse auch gleich klären lassen. Denken Sie bei Ihrer Antwort daran, dass es sich im Berufsleben nicht vermeiden lässt zu telefonieren und dass manche Vorgänge schriftlich abgewickelt werden müssen. Bauen Sie Ihre Antwort so zusammen, dass Sie eine möglichst gute Kombination aller Wege beschreiben.

»Bevorzugen Sie die Arbeit mit Zahlen oder mit Sprache?«
Diese Frage können Sie nur beantworten, wenn Sie berücksichtigen, für welche Stelle Sie sich beworben haben. Allerdings hat jede der beiden Alternativen ihre Schwächen. Arbeiten Sie lieber mit Zahlen, könnte man daraus schließen, dass Ihnen wenig am Kontakt mit anderen liegt. Bevorzugen

Sie die Sprache, so könnte man annehmen, dass es Ihnen schwer fällt, abstrakt zu denken. Als Bewerber sollten Sie sowohl mit der Sprache als auch mit Zahlen arbeiten können. Sie werden manchmal aber nicht so leicht davon kommen und sich entscheiden müssen. Dann sagen Sie, was Sie bevorzugen.

»Was würden Ihre Freunde sagen, wenn sie Ihre wichtigste Eigenschaft nennen sollten?«
Die Antwort auf diese Frage bringt Bewerber immer wieder in Schwierigkeiten. Meistens erinnern wir uns eher an eine unangenehme Begegnung oder an Dinge, die an uns kritisiert worden sind. Überlegen Sie sich vorher, was Sie sagen wollen, wenn Sie nach dem Eindruck Dritter über Ihre Person gefragt werden. Übrigens wird auch gerne nach der Meinung Familienangehöriger über Sie gefragt.

»Wenn Sie an meiner Stelle wären, würden Sie sich einstellen?«
Das ist eine ziemlich fiese Frage, bei der Sie nur mit Ja antworten können. Mit ziemlicher Sicherheit werden Sie dann nach den Gründen für Ihre Antwort gefragt. Erläutern Sie die Vorteile und den Nutzen, den Sie dem Unternehmen bringen werden. Machen Sie Ihre Stärken deutlich und tun Sie einfach so, als wäre Ihre Einstellung bereits beschlossene Sache.

»Bei welchen anderen Unternehmen haben Sie sich noch beworben?«
Der Fragende will damit die Ernsthaftigkeit Ihrer Bewerbung prüfen und zudem wissen, mit welchen Firmen man sich im Wettbewerb um Sie befindet. Machen Sie immer deutlich, dass Ihr Interesse dem Unternehmen gilt, bei dem Sie jetzt gerade sitzen. Nennen Sie niemals Namen oder Details der Firmen, bei denen Sie sich gleichzeitig beworben haben. Vermeiden Sie es auch, an dieser Stelle mitzutei-

len, für welche anderen Berufszweige Sie sich vielleicht noch entschieden haben.

Eine weitere Gruppe von Fangfragen befasst sich mit Dingen, die man im Normalfall nicht wissen kann, zum Beispiel: *»Wie viele Liter Wasser befinden sich im Pazifischen Ozean?«* Solche Fragen werden Sie nicht beantworten können, darum geht es auch gar nicht. Es wird keine exakte Antwort erwartet, Sie sollen nur in Stress versetzt werden. Bleiben Sie gelassen und lassen Sie sich nicht verunsichern. Geben Sie unumwunden zu, dass Sie diese Frage nicht beantworten können. Wenn Sie wollen, können Sie auch versuchen, den Fragenden in die Entwicklung einer Lösung einzubeziehen.

Wenn Sie in Ihrem Lebenslauf Kenntnisse einer Fremdsprache angegeben haben oder Ihr Schulzeugnis darauf hinweist, müssen Sie damit rechnen, dass Ihnen Fragen in dieser Sprache gestellt werden. Auch über Ihre Hobbys können Sie befragt werden. Sollten Sie diese in Wirklichkeit gar nicht ausüben, werden Sie Probleme haben, hier mit Details zu antworten. Also geben Sie wirklich nur die Hobbys an, die Sie auch betreiben.

Stressfragen

Nach wie vor gibt es Unternehmen, die den Stress eines Vorstellungsgesprächs noch weiter erhöhen, indem sie bewusst Fragen stellen, die den Bewerber unter Druck setzen. Auch wenn dies nicht gerade dem guten Stil entspricht, können Ihnen solche Situationen begegnen. Die ein oder andere stressige Frage wird so gut wie fast immer gestellt, um Sie aus der Reserve zu locken und »ehrliche« Antworten zu erhalten.
Im Prinzip kann jede Frage in Form einer Stressfrage gestellt werden, indem zum Beispiel ein Vorwurf in die Fragestellung eingebaut wird oder die vorgegebenen Antwortmöglichkeiten Ihnen keine vernünftige Wahl lassen.

Auch die unerlaubten Fragen setzen Sie unter Druck, da Sie entweder eine Antwort verweigern oder eine falsche Antwort geben müssen.
Einige Beispiele für typische Stressfragen finden Sie im Folgenden:

»Sind Sie nicht auch der Meinung, dass Sie für diesen Beruf eine zu niedrige Schulbildung haben?«
»Denken Sie, dass Sie als Frau nicht lieber einen weniger anspruchsvollen Beruf erlernen sollten?«
»Ihre schulischen Leistungen sprechen ja nicht gerade für Ihre Intelligenz. Wie sehen Sie das?«
»Was tun Sie, wenn ich jetzt um den Tisch herumgehe und Ihnen gegen das Schienbein trete?«

Bleiben Sie gerade bei solchen Fragen erst einmal gelassen. Stellen Sie Gegenfragen, fragen Sie, wie das gemeint ist, oder erkundigen Sie sich nach dem Zusammenhang mit dem Ausbildungsplatz. Zeigen Sie dem Fragenden, dass Sie nicht so leicht zu verunsichern sind. Ein leichtes Schmunzeln schon bei der Stellung der Fragen wirkt immer selbstsicher. Überlegen Sie sich, spätestens nach dem Gespräch, ob dieses Vorgehen auch für das Arbeitsklima des Unternehmens kennzeichnend sein könnte und ob Sie dort lernen wollen.

Unerlaubte Fragen

Grundsätzlich dürfen Ihnen nur Fragen gestellt werden, die für die ausgeschriebene Position bzw. Ausbildungsstelle auch tatsächlich von Bedeutung sind. Allerdings gibt es nach wie vor sehr unterschiedliche Auslegungen darüber, was unter »von Bedeutung sein« zu verstehen ist. Aus diesen verschiedenen Interpretationen entwickeln sich immer wieder Auseinandersetzungen, die oft bis vor die Arbeitsgerichte getragen werden, besonders dann, wenn es um Kündigungen geht.

Unzulässige Fragen müssen Sie in keinem Fall beantworten. Auch eine absichtlich falsch gegebene Antwort darf Ihnen im Nachhinein nicht zum Vorwurf gemacht werden. Wenn Sie allerdings eine unerlaubte Frage nicht beantworten, kann dies bedeuten, dass Sie den Ausbildungsplatz nicht erhalten und man Ihnen absagen wird, ohne die wahren Gründe zu nennen. Entscheiden Sie für sich selbst, welche Fragen Sie beantworten wollen und wie Ihre Antwort aussehen könnte. Da bei jeder Einstellung, ganz besonders bei einer Ausbildung, immer das Unternehmen und der Bewerber zusammenpassen sollten, geben Ihnen diese Fragen auch Hinweise auf das Betriebsklima. Im Zweifelsfalle kann es ratsam sein, auf einen Ausbildungsplatz in dieser Firma zu verzichten.

Nachfolgend finden Sie eine Auflistung von Fragen und Bereichen, die im Allgemeinen als unzulässig angesehen werden:

Fragen zur Gesundheit

Diese sind nur erlaubt, wenn sie in direktem Zusammenhang mit dem Ausbildungsplatz und den zugehörigen Aufgaben stehen. Die Frage nach einer Allergie gegen Mehl ist bei der Ausbildung zum Bäcker sicher zulässig, für die Bewerbung um einen Platz als Friseur jedoch nicht.

Fragen nach einer Schwangerschaft

Nach einem Urteil des Europäischen Gerichtshofes vom Februar 2000 ist die Frage nach einer Schwangerschaft selbst dann unzulässig, wenn arbeitsschutzrechtliche Vorschriften berührt werden. Der Arbeitgeber muss in diesem Fall dafür Sorge tragen, dass der Einsatz einer Schwangeren nur in den Bereichen erfolgt, in denen dies möglich ist.
Schwieriger ist es bei der Frage nach einer zukünftigen Schwangerschaft, da diese Fragestellung an sich nicht erlaubt ist. Oft wird dieses Thema dann umformuliert, zum Beispiel als Erkundigung nach den privaten Zukunftsplänen.

Stellen Sie klar, dass Sie sich bewusst für die Ausbildung entschieden haben und, zumindest in der nächsten Zeit, das Erlernen eines Berufs für Sie im Vordergrund steht.

Fragen zum Intimbereich

Es bringt Sie nicht weiter, sich mit Ihrem Gesprächspartner über die Zulässigkeit derartiger Fragen zu streiten, auch wenn solche Fragen schlicht und einfach unverschämt sind. Entweder Sie erkundigen sich nach dem Zusammenhang mit dem Ausbildungsplatz oder Sie weisen die Frage ruhig und gelassen zurück und verweigern die Antwort.

Fragen nach religiösen Einstellungen

Diese Fragen sind unzulässig, es sei denn, Sie bewerben sich um eine Ausbildung bei einem kirchlichen Träger. Weisen Sie in allen anderen Unternehmen die Frage zurück, indem Sie klar stellen, dass Religion Ihre private Angelegenheit ist und nichts mit dem Ausbildungsplatz zu tun hat.

Fragen nach der politischen Einstellung

Auch diese Fragen haben in einem Gespräch nichts verloren, es sei denn, Sie bewerben sich bei einer Partei oder parteinahen Organisation. Verfahren Sie so, wie bei Fragen zur Religion.

Fragen nach Ihren Vermögensverhältnissen oder denen Ihrer Eltern

Diese Fragen müssen Sie nicht beantworten. Eine unrichtige Antwort darf Ihnen später nicht zur Last gelegt werden.

Fragen nach Vorstrafen

Schwieriger ist es bei Fragen nach Vorstrafen. Steht die Frage im Zusammenhang mit der angestrebten Position, dann müssen Sie eine ehrliche Antwort geben. Auch in diesem Bereich sind die Gerichte unterschiedlicher Ansicht, welche Fragestellungen erlaubt sind und welche nicht.

Eigene Fragen

Im Verlaufe eines jeden Vorstellungsgesprächs werden Sie irgendwann aufgefordert, eigene Fragen zu stellen. Vielfach sind Bewerber froh, dass sich das Gespräch nun dem Ende nähert, und bringen deshalb keine eigenen Fragen mehr vor. Dieses Verhalten ist ein grober Fehler und führt garantiert zu einer Abwertung Ihrer Bewerbung! Zumindest wird daraus geschlossen, dass Ihr Interesse an der Ausbildung und dem Unternehmen nicht allzu groß ist.
Nutzen Sie unbedingt die Möglichkeit, eigene Fragen zu stellen. Sie haben damit die Gelegenheit, Ihr Interesse an einer Zusammenarbeit noch einmal zu dokumentieren und sich zu profilieren. Außerdem erhalten Sie dadurch auch wichtige Informationen, die Sie für Ihre eigene Entscheidung brauchen.
Achten Sie dabei darauf, keine Fragen zu stellen, die sich bereits aus dem Gesprächsverlauf heraus beantwortet haben. Natürlich hängen Ihre Fragen auch von der Größe des Unternehmens ab. Ein kleiner Handwerksbetrieb hat nun einmal nicht die Möglichkeiten eines Konzerns.

»Bitte beschreiben Sie mir den Ablauf der Ausbildung in den verschiedenen Abteilungen.«
Durch diese offene Frage fordern Sie den Gesprächspartner auf, Ihnen eine ausführliche Erwiderung zu geben, anstatt nur kurz zu antworten. Sie erfahren hier, ob Sie nur in einem Bereich ausgebildet werden oder ob Sie das ganze Unternehmen durchlaufen. Gerade wenn Sie mit dem Gedanken spielen, nach dem Abschluss weiter bei dieser Firma zu bleiben, können Sie bereits jetzt erkennen, wie gut Ihr Überblick über die verschiedenen Abteilungen sein wird.

»Wer ist für die Ausbildung verantwortlich?«
Aufgrund der gesetzlichen Regelungen wird es natürlich immer einen Gesamtverantwortlichen geben. Interessant ist es

trotzdem, zu erfahren, wer alles in Ihre Ausbildung eingebunden ist.

»Wie viele Auszubildende in den einzelnen Jahren gibt es und wie viele beginnen mit mir?«
Sie stellen dadurch fest, ob Sie ganz alleine sein werden oder ob es erfahrenere Auszubildende gibt, an die Sie sich mit Fragen wenden können. Sie sehen auch, wie groß die mögliche Konkurrenz sein wird, falls später nicht alle Auszubildenden übernommen werden können.
Die Art der Formulierung unterstellt übrigens, dass bereits eine Entscheidung für Sie gefallen ist.

»Wie sind die Chancen, nach dem Abschluss fest übernommen zu werden?«
Sie wollen zu Recht wissen, welche Aussichten man Ihnen für Ihren Berufsstart bieten kann. Die Frage zeigt auch, dass Sie sich mit der Zukunft beschäftigen und zielgerichtet vorgehen.

Denken Sie daran, dass es auch für den Fragenden nicht leicht ist, mehrmals am Tag die gleichen Fragen zu stellen und oft dieselben Antworten zu hören. Versetzen Sie sich einmal in dessen Lage und Sie werden feststellen, dass ein Dialog sehr viel angenehmer ist als ein Frage-Antwort-Spiel. Ist Ihnen eine Frage unklar, haken Sie sofort nach und versuchen Sie nicht, zu erraten, was gemeint sein könnte. Gute Fragen hierzu sind: *»Was verstehen Sie unter …?«*, *»Was ist der Hintergrund dieser Frage?«* oder *»Verstehe ich Sie richtig, dass Sie der Ansicht sind …?«*.
Spätestens dann, wenn Sie eine Einladung zu einem Vorstellungsgespräch erhalten, sollten Sie sich eine Liste möglicher Fragen erstellen und sich Ihre Antworten überlegen. Selbstverständlich können Sie diese Liste nicht im Gespräch benutzen, aber sie hilft Ihnen bei der Vorbereitung. Gerade bei Fragestellungen und Themen, die Ihnen unan-

genehm sind, wird es Ihnen leichter fallen, eine Antwort zu geben. Eine gute Vorbereitung ist trotzdem kein Grund, jede Frage umgehend zu beantworten. Lassen Sie sich Zeit, denken Sie nach und antworten Sie dann. Wenn Ihnen eine Frage echte Schwierigkeiten bereitet, wiederholen Sie diese, um Zeit zu gewinnen. Werden kritische Themen angesprochen, kann es helfen, offensiv mit der Frage umzugehen und dem Gesprächspartner für die Möglichkeit der Klarstellung zu danken.

Die beste Vorbereitung auf ein Vorstellungsgespräch ist ein Probedurchgang. Üben Sie das Gespräch mit Ihrem Partner oder mit Freunden, um Sicherheit zu gewinnen und Argumente zu testen. Wenn Sie niemanden dafür haben, stellen Sie sich selbst die Fragen und geben Sie die Antworten laut.

Auch Gespräche lassen sich üben

Ob Sie nun den angestrebten Ausbildungsplatz erhalten haben oder nicht, eines steht fest: Ihr zweites Gespräch wird besser verlaufen als das erste und das dritte wird besser und einfacher sein als das zweite. Sie werden sich schon deshalb sicherer fühlen, weil es nun nichts Unbekanntes mehr für Sie ist.

Die wenigsten Menschen werden sich aber nur deshalb bewerben, um für den Tag gerüstet zu sein, an dem der Traumjob in der Zeitung steht. Wenn Sie sich bereits in einer Bewerbungsphase befinden, nutzen Sie die Möglichkeit, solche Gespräche im Freundeskreis zu simulieren. Sehen Sie eine Absage auch immer als gut genutzte Gelegenheit, Ihre Fähigkeiten zu verbessern. Dabei spielt es keine Rolle, ob das Unternehmen Ihnen abgesagt hat oder ob Sie sich dagegen entschieden haben, mit dieser Firma oder mit diesen Personen zu arbeiten.

Vielleicht hat ein Gespräch auch dazu geführt, dass Sie sich über Ihre Ziele klarer geworden sind, diese neu definiert haben und sich deshalb zukünftig in einer anderen Richtung bewerben, die Ihnen mehr liegt. Gehen Sie an jede neue Bewerbung und an jeden Gesprächstermin mit dem Optimismus heran, dass Sie der geeignete Kandidat für den Ausbildungsplatz sind. Eine solche Zuversicht ist ein wesentliches Erfolgsmerkmal, nicht nur bei der Arbeitsplatzsuche, sondern auch in Ihrem täglichen Leben.

Die Nachbereitung

Nutzen Sie jede Chance, ein Vorstellungsgespräch oder einen Einstellungstest für sich selbst noch einmal durchzugehen. Überlegen Sie, was Sie gut gemacht haben, was nicht so gelaufen ist, wie es sollte, und woran das gelegen hat. Fragen Sie sich, was Sie vergessen haben und wie Sie in Zukunft vorgehen wollen. Wenn Sie Ihre Gespräche und Ergebnisse im Nachhinein in Ruhe analysieren, wird dies automatisch dazu führen, dass Sie sich in Zukunft gezielt auf das ein oder andere Thema besser vorbereiten und Ihr Auftreten als Bewerber verbessern und weiter optimieren.
Gerade dann, wenn es nach einem ersten Gespräch noch einen weiteren Termin geben wird, ist eine Nachbereitung unerlässlich. Halten Sie dabei gleich schriftlich fest, was Sie noch fragen wollen und wie Ihr weiteres Vorgehen sein wird. Seien Sie sich selbst gegenüber dabei ehrlich. Nicht immer hat es nur an Ihnen gelegen, dass eine Einstellung nicht zustande gekommen ist. Aber nur bei Ihnen selbst können Sie Veränderungen vornehmen, denjenigen, der Ihnen abgesagt hat, können Sie nicht ändern. Fragen Sie sich immer auch, ob Sie wirklich die richtige Berufswahl getroffen haben oder ob eine andere Richtung Ihren Fähigkeiten vielleicht eher entgegen kommt. Sprechen Sie mit anderen über Ihre Erfahrungen und den Ablauf des Vorstellungsgesprächs. Vielleicht haben Sie einen so genannten blinden Fleck. Dies ist eine Stelle, an der Sie nicht so gut sind, wie Sie selbst glau-

ben, was Ihnen aber nicht bewusst ist. Hier können Außenstehende Ihnen vielleicht wertvolles Feedback geben und Ihnen helfen, an diesem Punkt zu arbeiten.
Werden Sie sich noch einmal all Ihrer Stärken bewusst und setzen Sie auf diese. Überprüfen Sie aber auch, wo Sie Schwächen haben, die Ihnen vielleicht sogar mehrmals schon Absagen eingebracht haben. Vereinbaren Sie mit sich selbst ein Programm, um an der Behebung dieser Schwachpunkte zu arbeiten, und setzen Sie sich Termine, bis wann diese behoben sein werden. Analysieren Sie aber auch, ob Sie wirklich eine realistische Chance haben, Ihre Berufsziele zu erreichen, oder ob Sie sich neu orientieren müssen.

11. Kapitel

Die Eignungstests

Neben dem »normalen« Vorstellungsgespräch gibt es noch eine Reihe anderer Möglichkeiten, wie Unternehmen überprüfen, wer der geeignete Bewerber für einen Ausbildungsplatz ist. Zur Vorbereitung auf diese Testverfahren gibt es eine ganze Reihe von hilfreichen Büchern. Damit Sie sich ein Bild über die angewandten Verfahren machen können, finden Sie nachfolgend eine kurze Übersicht über die gebräuchlichsten Methoden. Ob diese nun wirklich immer geeignet sind, den besten Bewerber herauszufinden, sei dahin gestellt.

Arbeitsproben

Neben den klassischen Tests gibt es auch noch die so genannten Arbeitsproben. Gelegentlich werden Sie anlässlich eines Vorstellungsgesprächs dazu aufgefordert, eine Probe Ihrer potenziellen Fähigkeiten abzugeben. Dies kommt heute fast nur noch in handwerklichen Berufen vor, wo es darum geht, Ihre Geschicklichkeit zu testen. Haben Sie in Ihrer Bewerbung allerdings angegeben, dass Sie Steno beherrschen oder Maschine schreiben können, kann es durchaus passieren, dass man Sie in diesem Bereich einmal testet. Hoffentlich sind Sie dann so gut oder schnell, wie Sie behauptet haben, sonst gerät Ihre gesamte Bewerbung und alles, was Sie gesagt haben, in Zweifel. Da jede Tastatur und jede Schreibmaschine ein wenig anders reagiert und Sie noch nicht daran gewöhnt sind, werden Ihre Leistungen meist etwas schlechter ausfallen als sonst. Geraten Sie deshalb nicht in Panik, sondern sprechen Sie diesen Umstand offen an.

Manchmal werden Sie bereits vor einem Vorstellungsgespräch darum gebeten, eine oder mehrere Arbeitsproben abzuliefern. Meist handelt es sich dabei um den künstlerisch-kreativen Bereich, bei dem Sie Ihre Fähigkeiten demonstrieren sollen. Eine Mappe mit Proben können Sie auch getrennt von der restlichen Bewerbung an das Unternehmen senden. Vermerken Sie unbedingt im Anschreiben, dass die Arbeitsproben mit separater Post kommen werden.

Ein Überblick der Testmethoden

Stress-Interview

Verläuft Ihr Vorstellungsgespräch in Form eines so genannten Stress-Interviews, dann wird versucht, Sie durch die Art der Fragestellung und den Inhalt der Fragen unter Druck zu setzen. Einige der Stressfragen wurden bereits aufgezählt. Sie müssen allerdings selbst entscheiden, bis zu welchem Punkt Sie diese akzeptieren wollen. Ein Gespräch, das ausschließlich in dieser Form abläuft, spricht nicht für die Unternehmenskultur und sollte jeden Bewerber veranlassen, sich sorgfältig zu überlegen, ob das der geeignet Ort für eine Berufsausbildung ist.

Assessment Center

Assessment Center werden besonders von größeren Unternehmen gerne eingesetzt und sind die gebräuchlichste Form der Einstellungstests. Je qualifizierter der Ausbildungsab-

schluss ist, desto eher werden Sie auf dieses Auswahlverfahren treffen.
In einem Assessment Center, häufig mit AC abgekürzt, wird das Verhalten von Bewerbern mithilfe verschiedener Übungen eingeschätzt und auf ihre Eignung für die Berufsausbildung und eine spätere Verwendung im Unternehmen überprüft. Dabei werden mehrere Bewerber gleichzeitig durch verschiedene Personen über einen längeren Zeitraum beobachtet. Meist erstreckt sich dieser Test über einen ganzen Tag, gelegentlich werden auch zwei Tage dafür angesetzt. Es gibt sowohl Aufgaben, die Sie als Einzelperson zu absolvieren haben, als auch Gruppenübungen. Ein Assessment Center besteht für gewöhnlich aus mehreren der folgenden Bausteine:

- Die Vorstellungsrunde dient dazu, die Kandidaten miteinander bekannt zu machen und die sprachliche Ausdrucksfähigkeit der Bewerber zu testen.
- Die Präsentation erfolgt meist als Referat oder kurzer Vortrag, den Sie halten. Es kommt dabei sowohl auf die Lösung der Fragestellung an als auch auf Ihre Fähigkeit, etwas zu präsentieren.
- Die Gruppendiskussion zielt darauf ab, herauszufinden, wie gut Sie sich durchsetzen können. Gleichzeitig wird beobachtet, ob und wie Sie es schaffen, andere Kandidaten einzubeziehen.
- Das Rollenspiel simuliert meistens ein Gespräch zu einem betrieblichen Thema. Die Beobachter wollen sehen, wie Sie mit komplizierten Aufgabenstellungen und einem schwierigen Gesprächspartner umgehen. Gerne versetzt man Sie dabei in die Rolle eines Ausbilders, der einen Auszubildenden zu kritisieren hat.
- Der Postkorb ist eine der bekanntesten Übungen. Hier sollen Sie unter enormem Zeitdruck entscheiden, welche Aufgaben Priorität haben, was Sie selbst erledigen müssen und was Sie abgeben können.

- Die Fallstudie zeigt praxisbezogene Problemstellungen auf, die Ihnen später in der Ausbildung auch begegnen können. Es geht vor allem darum, dass Sie Entscheidungen treffen und diese in einer Gruppe vertreten und durchsetzen.
- Die Planspiele werden entweder als Unternehmens- oder als Verhaltens-Planspiele durchgeführt. In der ersten Variante werden Ihre organisatorischen, analytischen und planerischen Fähigkeiten getestet. Bei der zweiten Version wird vor allem Ihr Potenzial für Führungsaufgaben geprüft.
- Der psychologische Test taucht auch außerhalb eines AC immer wieder auf. Mithilfe von Antwortalternativen wird ein Persönlichkeitsprofil erstellt, das Aussagen über Ihre Fähigkeiten in bestimmten Bereichen treffen soll.
- Der IQ-Test soll Ihren Intelligenzquotienten messen. Die Aussagekraft ist sehr umstritten, trotzdem wird er immer wieder eingesetzt.
- Der EQ-Test dient der Messung der so genannten emotionalen Intelligenz. Ihr Wert ist noch immer sehr umstritten.
- Die schriftliche Ausarbeitung fordert Sie auf, zu einem vorgegebenen Thema einen Text zu schreiben. Neben der Problemlösungsfähigkeit soll hier auch Ihr Ausdrucksvermögen im schriftlichen Bereich geprüft werden.
- Der Blitzvortrag zwingt Sie, aus dem Stegreif etwas zu einem Thema zu referieren. Es kommt vor allem auf Ihre Schnelligkeit in der Auffassung und Ihre Wortgewandtheit an.
- Die Konstruktionsübung besteht darin, dass Sie in einer Gruppe mit wenigen Hilfsmitteln etwas bauen sollen. Im Vordergrund steht Ihr Verhalten innerhalb der Gruppe, weniger die Problemlösung selbst.
- Das Verkaufsgespräch wird meist nur dort eingesetzt, wo es um eine Ausbildung für eine Position im Verkauf oder

Vertrieb geht. Es wird ein Gespräch zwischen Verkäufer und Kunde simuliert, um zu sehen, wie gut Sie einem Eskimo Kühlschränke verkaufen können.

- Das Interview gehört zu jedem Assessment Center und ist nichts anderes als das Vorstellungsgespräch mit einem Schwerpunkt auf dem Bereich der Fragen und Antworten.

12. Kapitel

Was tun, wenn keine Antwort kommt?

Nicht in allen Stellenanzeigen für einen Ausbildungsplatz finden Sie eine Angabe über den vorgesehenen Starttermin und über das Ende der Abgabefrist für Ihre Bewerbungsunterlagen. Lediglich Behörden geben häufig an, zu welchem Stichtag die Unterlagen vorliegen müssen. Wie bereits erwähnt, sollten Sie Ihre Bewerbung trotzdem möglichst zeitnah abgeben. Wie geht es dann aber weiter?
Eigentlich gehört es zum guten Ton, dass ein Unternehmen Ihnen entweder Ihre Bewerbungsunterlagen verbunden mit einer schriftlichen Absage kurzfristig wieder zurückschickt oder Ihnen, im Falle eines grundsätzlichen Interesses, einen Zwischenbescheid erteilt. In diesem steht nicht viel mehr als der Dank für die Zusendung Ihrer Unterlagen, verbunden mit der Bitte um Geduld, da »aufgrund der Vielzahl der eingegangenen Bewerbungen die Auswahl einige Zeit in Anspruch nehmen wird«.
Im Grunde genommen sollte der Vorgang bei einer elektronischen Bewerbung der Gleiche sein, Sie sollten also eine Mail mit einer Absage bzw. einem Zwischenbescheid erhalten. Eine Rücksendung der Unterlagen findet hier aus verständlichen Gründen nicht statt. Leider sind Zwischenbescheide auf elektronische Bewerbungen bei vielen Firmen offensichtlich nicht geplant. Häufig hören Sie zunächst einmal gar nichts von der Firma.
Erhalten Sie keine Reaktion auf Ihre Bewerbung, müssen Sie wieder die Initiative ergreifen und nachhaken. Es gibt

übrigens sogar Unternehmen, die grundsätzlich davon ausgehen, dass nur Bewerber, die nachfragen, auch ernsthaftes Interesse an der Stelle haben – ein zwar zweifelhaftes, aber immer wieder auftretendes Phänomen.
Auch nach einem Zwischenbescheid kann wieder eine ganze Weile vergehen, ohne dass Sie eine Reaktion erhalten. Wenn Sie wissen wollen, woran Sie sind, müssen Sie sich melden.
Selbst nach einem persönlichen Vorstellungsgespräch kann es vorkommen, dass Sie nichts mehr von dem Unternehmen hören und sich fragen, ob man Sie nun einstellen will oder nicht. Was bleibt Ihnen also anderes übrig, als nachzuhaken? Das gleiche Spiel kann Ihnen sogar dann noch einmal passieren, wenn Sie bereits eine mündliche Zusage zur Einstellung erhalten haben und nun auf die Zusendung der Vertragsunterlagen warten. Zu guter Letzt kann es sogar vorkommen, dass Sie zwar den Vertrag unterschrieben haben, sich das Unternehmen aber nicht rührt und Sie auf die Rücksendung des gegengezeichneten Ausbildungsvertrags warten.
In allen diesen Fällen müssen Sie aktiv werden und am Ball bleiben, um Ihre Chancen zu wahren und Klarheit zu bekommen. Auch wenn sich manche Personalabteilungen durch eine Flut von Bewerbungen und ihre sonstige Arbeit überlastet fühlen und Sie als lästigen Störenfried empfinden, ist es Ihr gutes Recht, Informationen über den aktuellen Stand Ihrer Bewerbung einzuholen.

Nachhaken – aber wie?

Das Hauptproblem für die meisten Bewerber ist die Frage, wann es an der Zeit ist, nachzuhaken. Verständlicherweise braucht ein Unternehmen eine bestimmte Zeit, um den Eingang aller Bewerbungen abzuwarten, die Unterlagen zu sichten, vorzusortieren und sich für bestimmte Kandidaten zu entscheiden. Meist entstehen bei der Bewerberauswahl drei Stapel: absagen, einladen, eventuell einladen. Absagen werden für gewöhnlich schnell erledigt, man will die nicht benötigten Unterlagen einfach wieder vom Tisch haben. Einige Firmen konzentrieren sich allerdings zuerst auf die Zusagen und betrachten Absagen als nachrangige Aufgabe.

Bis vor kurzem war eine Frist von 14 Tagen zwischen Abgabe der Unterlagen und Absage bzw. Zwischenbescheid üblich. Mittlerweile können hier gut und gerne drei bis vier Wochen vergehen, bevor ein Unternehmen sich erstmals rührt. Vier Wochen nach dem Versand Ihrer Bewerbung dürfen Sie dann aber auch nachfragen, ohne dabei ein schlechtes Gewissen haben zu müssen.

Haben Sie einen Zwischenbescheid erhalten, dann sollten Sie dem Unternehmen drei bis vier Wochen Zeit geben. Wurde allerdings in einer Anzeige ein konkreter Starttermin genannt, sollten Sie diesen immer im Auge behalten und sich rechtzeitig melden. Nach einem Vorstellungsgespräch sollten nicht mehr als 14 Tage vergehen, bis Sie eine Nachricht erhalten. Fragen Sie im Gespräch ruhig, wann sich die Firma bei Ihnen melden wird, damit Sie einen Anhaltspunkt haben. Rufen Sie aber bitte nicht gleich am Tag nach Ablauf des Termins an, kleine Verzögerungen kann es immer geben. Nach einer mündlichen Vertragszusage können Sie davon ausgehen, innerhalb der nächsten drei bis vier Tage den Vertrag zu erhalten, falls nicht vereinbart worden ist, dass Sie ihn direkt vor Ort unterschreiben. Auch die Rücksendung des gegengezeichneten Ausbildungsvertrags sollte nur einige wenige Tage in Anspruch nehmen.

Bei einer Absage sollten Ihnen auch gleichzeitig Ihre Bewerbungsunterlagen mit zurückgeschickt werden. Das Anschreiben verbleibt übrigens für gewöhnlich bei dem Unternehmen. Erhalten Sie eine Absage ohne Ihre Unterlagen, dann haken Sie nach und fordern Sie die Mappe zurück.

➲ *Bis zu vier Wochen zwischen Versand Ihrer Bewerbung und der ersten Rückmeldung des Unternehmens sind heute eine normale Zeitspanne.*

Wie, also in welcher Form, haken Sie nun am besten nach? Grundsätzlich ist hier das Telefonat am sinnvollsten. Sie erhalten schnell eine Information, können in einen Dialog eintreten und wissen gleich, woran Sie sind. Bei einer elektronischen Bewerbung können Sie auch eine kurze E-Mail senden, allerdings müssen Sie schon wissen, wer der Ansprechpartner ist, sonst warten Sie unter Umständen noch eine halbe Ewigkeit, bis sich jemand meldet.
Ist ein telefonischer Kontakt nicht möglich, weil Sie auf eine Chiffre-Anzeige geantwortet haben, bleibt Ihnen nur die schriftliche Kontaktaufnahme. Dieses Schreiben müssen Sie wieder an die entsprechende Zeitung richten und dabei die Chiffre-Nummer angeben. Ihr Brief wird dann genauso weitergeleitet, wie es auch bei der Bewerbung der Fall war. Leider gibt es keine Garantie, dass Sie eine Antwort erhalten. Wenn der Empfänger sich nicht bei Ihnen melden will, können Sie nichts dagegen unternehmen.
Auch wenn Sie sich darüber ärgern, dass man Sie warten und in der Luft hängen lässt: Schlucken Sie den Ärger hinunter. Meist kann die Person, die Sie am Telefon haben, nichts dafür, dass Sie noch warten müssen. Aggressives Verhalten führt weder zu einer schnelleren noch zu einer positiven Entscheidung für Sie.
Formulieren Sie Ihr Anliegen immer als Frage nach dem aktuellen Stand der Dinge. Beginnen Sie keinesfalls mit Vorwürfen oder bissigen Bemerkungen über den Fortgang Ihrer Angelegenheit. Nutzen Sie die Chance, einen positiven Eindruck zu hinterlassen, die Ernsthaftigkeit Ihrer Bewerbung zu unterstreichen und Ihr Interesse an einer Zusammenarbeit zu demonstrieren.

Allerdings gibt es auch Grenzen. Wochenlanges Vertrösten auf eine Entscheidung, das Fehlen eines konkreten Ansprechpartners, Krankheit der zuständigen Mitarbeiter und das Ausbleiben von Rückrufen muss sich niemand gefallen lassen. Überlegen Sie, ob es sich hier um den richtigen Ausbildungsplatz für Sie handelt oder ob Sie lieber absagen und Ihre Unterlagen zurückfordern.
Hat man Ihnen abgesagt hat oder haben Sie dies selbst, aus welchen Gründen auch immer, getan und Sie möchten nun Ihre Bewerbungsmappe zurückhaben: Bleiben Sie freundlich! Sie wissen nicht, ob, wann und bei welcher Gelegenheit Sie es wieder einmal mit dieser Firma zu tun haben könnten.

> ➲ *Auch wenn das Nachhaken lästig ist: Bleiben Sie immer freundlich und formulieren Sie Ihr Anliegen als Frage.*

Wo, oder besser gesagt, wen können Sie in dieser Situation anrufen? So lange Sie keine Reaktion des Unternehmens erhalten haben, bleibt Ihnen nichts anderes übrig, als sich an die Person zu wenden, an die Sie auch Ihre Bewerbungsmappe geschickt haben. Ging diese nicht an eine namentlich bekannte Person, sondern allgemein an das Unternehmen oder an die Personalabteilung, rufen Sie am besten in der Telefonzentrale an. Sollten Sie den Namen Ihres Ansprechpartners zwar kennen, aber nicht seine Durchwahl wissen, so ist der Anruf bei der Telefonzentrale der schnellste Weg, diese Nummer zu erfahren.
Haben Sie sich für eine schriftliche Nachfrage entschieden, können Sie diese an die gleiche Anschrift richten, an die Sie auch Ihre Bewerbung gesandt haben. Natürlich können Sie zuvor telefonisch den Namen und die Position des zuständigen Mitarbeiters erfragen. Dann bietet es sich allerdings an,

sich gleich auch per Telefon nach dem Stand der Dinge zu erkundigen.

Vorbereitung und Hilfsmittel

Sofern Sie nicht Ihre Unterlagen zurückfordern, weil man Ihnen abgesagt hat, oder Sie nachfragen, wo denn der gegengezeichnete Vertrag bleibt, befinden Sie sich noch immer in der Bewerbungsphase. Bereiten Sie deshalb Ihren Anruf genauso sorgfältig vor, wie Sie es für eine telefonische Erstbewerbung auch tun würden.

Vorbereitung

Überlegen Sie, was das Ziel Ihres Gesprächs ist. Ein Ziel ist schon einmal vorgegeben: die Information über den Stand Ihrer Bewerbung. Vielleicht gibt es aber noch weitere Ziele. Wenn Sie mehrere Bewerbungen laufen haben, kann auch die Nennung eines konkreten Entscheidungstermins wichtig sein. Liegt Ihnen gar das Vertragsangebot eines anderen Unternehmens vor, wollen Sie ganz klar wissen, wie es bei dieser Firma weitergeht.

- Schreiben Sie sich einige Fragen auf, die Sie auch in einem Vorstellungsgespräch stellen würden. Falls es zu einem Dialog über Ihre Bewerbung kommt, werden Fragen von Ihrer Seite erwartet.
- Sorgen Sie dafür, dass Sie ungestört telefonieren können.
- Deaktivieren Sie gegebenenfalls die Anklopf-Funktion Ihres Telefons.
- Stellen Sie bei schnurlosen Telefonen sicher, dass der Akku ausreichend Kapazität hat.
- Legen Sie sich die nötigen Hilfsmittel zurecht.
- Räuspern Sie sich direkt vor dem Telefonat noch einmal und machen Sie dadurch Ihre Stimme frei.

- Führen Sie das Telefonat einmal nur für sich in Gedanken als Generalprobe, um sich darauf vorzubereiten.

Hilfsmittel

Achten Sie darauf, dass sich folgende Hilfsmittel in Ihrer greifbaren Nähe befinden:

- Schreibpapier: Es muss nicht unbedingt ein Block sein, für dieses Gespräch genügen auch einige Einzelblätter.
- Schreibgeräte: Denken Sie daran, dass ein einziger Stift schnell zu wenig sein kann, wenn er plötzlich seinen Geist aufgibt.
- Bewerbungsunterlagen: Halten Sie die Anzeige und Ihr Anschreiben bereit. Falls Sie bereits einen Zwischenbescheid bekommen haben, nehmen Sie auch diesen zur Hand. Ihr Lebenslauf und die Zeugnisse sollten sich ebenfalls in der Nähe befinden.
- Ihre eigene Rufnummer: Gehen Sie davon aus, dass man Ihnen einen Rückruf anbietet, weil Ihr Ansprechpartner gerade nicht zu erreichen ist oder weil man sich erst einmal informieren muss, wie es um Ihre Bewerbung steht. Für diesen Fall ist es wichtig, dass Sie Ihre eigene Telefonnummer ohne langes Überlegen angeben können.
- Einen Terminkalender: Ein Ergebnis dieses Telefonats kann durchaus die Nennung eines Termins für ein Vorstellungsgespräch sein. Seien Sie darauf vorbereitet.

➲ *Das Nachhaken kann durchaus noch als Bestandteil des Bewerbungsprozesses gesehen werden. Verhalten Sie sich also entsprechend.*

Der Einstieg

Falls Sie nicht genau wissen, wer der zuständige Ansprechpartner ist, erklären Sie zunächst, worum es geht. Dazu reicht es aus, wenn Sie sagen, dass Sie eine Rückfrage zu einer Bewerbung haben. Sie brauchen hier nicht auf die Details einzugehen, wenn Sie sich nicht sicher sind, bereits an der richtigen Stelle angelangt zu sein. Bitten Sie um den Namen und die Durchwahl des zuständigen Mitarbeiters.
Sobald Sie bei dem richtigen Ansprechpartner gelandet sind, begrüßen Sie ihn, am besten gleich mit seinem Namen. Stellen Sie sich dann vor und teilen Sie mit, dass Sie sich auf die Ausbildungsstelle als XYZ beworben haben. Erwähnen Sie am besten auch gleich, wann das war. Fragen Sie nun, ob Sie bei Ihrem Ansprechpartner an der richtigen Stelle sind, bevor Sie Ihr Anliegen vorbringen. Falls doch jemand anderes zuständig ist, bitten Sie wieder um die Bekanntgabe des Namens und der Durchwahlnummer. Sobald Sie den entsprechenden Mitarbeiter am Apparat haben, kann das eigentliche Gespräch beginnen. Unter Umständen müssen Sie allerdings mehr als einmal erklären, dass es um Ihre Bewerbung geht.
In einer schriftlichen Nachfrage geben Sie als Betreff Ihre Bewerbung mit Datum an.

Das Gespräch

Fragen Sie als Erstes nach dem aktuellen Stand Ihrer Bewerbung. Meist werden Sie darauf auch eine Antwort erhalten. Sollte man Ihnen mitteilen, dass eine Beantwortung aus dem Stegreif nicht möglich ist, dann fragen Sie nach, wann Sie sich wieder melden können oder ob man Sie zurückrufen möchte. Eine solche ausweichende Antwort muss nicht gleich bedeuten, dass der Gesprächspartner Ihnen keine Absage am Telefon mitteilen will. Es kann sich auch einfach darum handeln, dass er erst nachsehen muss, in welcher Abteilung sich Ihre Bewerbungsunterlagen gerade befinden. Wenn man Ihnen erklärt, dass die Bewerbungen noch in der Bearbeitung sind, können Sie ohne weiteres auch nachfragen, bis wann denn mit einem Zwischenbescheid zu rechnen ist. So erhalten Sie vielleicht einen Anhaltspunkt, wie lange Sie sich in etwa noch gedulden müssen. Es bringt Ihnen wenig, wenn Sie versuchen, Druck auszuüben, indem Sie behaupten, Sie müssten die Entscheidung schnell bekommen, da Sie sich auch noch anderweitig beworben haben. Die wenigsten Firmen lassen sich auf diese Weise unter Druck setzen, eventuell fällt jetzt sogar eine Absage leichter, da Sie ja noch andere Chancen haben.

Ganz forsche Naturen nutzen diese Gelegenheit, um nachzufragen, wie denn die Chancen für einen positiven Bescheid stehen. Ich empfehle Ihnen, auf diese Frage zu verzichten. Nur in den allerwenigsten Fällen werden Sie hierauf überhaupt eine vernünftige Antwort erhalten. Unter Umständen holen Sie sich hierbei sogar Minuspunkte ein, weil die Frage als unverschämt oder aufdringlich betrachtet wird.

Es kann Ihnen natürlich passieren, dass Sie mit dem Leiter der zuständigen Abteilung oder dem Personalverantwortlichen sprechen und dieser die Gelegenheit nutzt, Ihnen weitere Fragen zu Ihrer Bewerbung zu stellen. Zunächst bedeutet das einmal, dass an Ihrer Bewerbung grundsätzliches Interesse besteht. Da Sie eine optimale Bewerbungsmappe abgegeben haben, ist auch kein Grund vorhanden, nervös zu werden. Alle wichtigen Informationen liegen dem Unternehmen vor, es wird sicher nicht nötig sein, grundlegende Angaben nachzuliefern. Meist drehen sich die Fragen eher um Kleinigkeiten. Nutzen Sie auf jeden Fall die Gelegenheit, zumindest eine Frage von Ihrer Liste zu stellen, und bekunden Sie noch einmal Ihr Interesse an einer Ausbildung in diesem Unternehmen.

In einem Schreiben fragen Sie kurz und bündig nach dem aktuellen Stand Ihrer Bewerbung und bitten um einen Zwischenbescheid. Denken Sie daran, dass sich Ihr Schreiben und ein Zwischenbescheid oder eine Absage aufgrund des Postwegs terminlich überschneiden können.

Der Abschluss

Egal, ob Sie nur die Information erhalten haben, dass es noch einige Tage dauern wird, oder ob es schon zu einem kurzen Dialog über Ihre Bewerbung gekommen ist, bedanken Sie sich in jedem Fall für das Gespräch. Sie können auch gerne Ihre Hoffnung auf einen positiven Bescheid ausdrücken. Es macht sich immer gut, wenn Sie noch einmal den Namen des Gesprächspartners nennen, denn die meisten Menschen hören Ihren Namen gerne und fühlen sich somit auch direkt als Persönlichkeit angesprochen.
Im Falle einer telefonischen Absage können Sie das Gespräch zumindest für die Zukunft nutzen. Wie das geht, erfahren Sie im folgenden Kapitel.
In einem Brief enden Sie mit den üblichen freundlichen Grüßen und Ihrer Unterschrift. Verzichten Sie darauf, dem Unternehmen irgendwelche Termine zu setzen oder auf schnelle Erledigung zu drängen.

13. Kapitel

Was tun, wenn es nicht geklappt hat?

Sie haben die Stellenanzeigen sorgfältig gelesen, passende Ausbildungsgänge und Unternehmen ausgewählt und eine optimale Bewerbung erstellt. Trotz allem kommt nun die Absage. Die meisten Bewerber fallen dann in ein tiefes Loch und werden von Selbstzweifeln geplagt. Vor allem dann, wenn es nicht die erste Absage ist und die Zeit langsam knapp wird, kann es zu Anfällen von Panik kommen. Legen Sie deshalb die Absage unbedingt erst einmal zur Seite und schlafen Sie eine Nacht darüber, bevor Sie sich an die Analyse machen. Gerade dann, wenn Sie bereits ein erstes oder gar zweites Vorstellungsgespräch hinter sich gebracht haben und nun eine Absage erhalten, sitzt der Schock umso tiefer. Behalten Sie eines jedoch immer im Hinterkopf: Das Ergebnis eines Personalauswahlverfahrens, also die Entscheidung, ob Sie den Ausbildungsplatz erhalten oder nicht, ist immer auch subjektiv vom Auswählenden geprägt. Es muss daher nicht unbedingt nur an Ihnen liegen. Seien Sie sich darüber im Klaren, dass gerade ein Vorstellungsgespräch oder ein Einstellungstest eine Momentaufnahme ist, in der Sie unter erheblichem Stress gestanden sind. Eine Absage hat nichts mit Ihnen als individuellem Menschen oder Ihrem Wert als Person zu tun.

➔ *Lassen Sie sich nicht von einer oder mehreren Absagen entmutigen. Bleiben Sie am Ball!*

Aus einer Absage, deren nähere Gründe Sie nicht in Erfahrung bringen können oder bei der Sie mit pauschalen Informationen abgespeist werden, können Sie natürlich nicht viele Konsequenzen ziehen.
Überprüfen Sie noch einmal die Informationen aus der Stellenanzeige im Zusammenhang mit Ihrem Lebenslauf und den Absagegründen, um Abweichungen erkennen zu können. Aus den folgenden, wenn auch vielleicht nur vorgeschobenen Absagegründen lassen sich Veränderungen für weitere Bewerbungen produzieren:

- Ihr zu hohes Alter kann ein Problem sein. Manche Unternehmen ziehen es vor, grundsätzlich nur Schulabgänger einzustellen, und sagen Bewerbern, die bereits eine erste Ausbildung absolviert haben, ab. Überprüfen Sie Ihr Anschreiben und achten Sie darauf, Ihre Lernbereitschaft und gleichzeitig Ihre Reife aufgrund Ihres Alters deutlich darzustellen.
- Fehlende Qualifikationen: Reichen Ihre Qualifikationen wirklich für die Ausbildung aus? Überprüfen Sie diesen Punkt sehr selbstkritisch. Handelt es sich um Fähigkeiten, die sich schnell aneignen lassen, überlegen Sie, ob Sie sich in diesem Bereich weiterbilden wollen. Das ist allerdings nur dann sinnvoll, wenn Sie feststellen, dass Sie immer wieder an diesem Punkt scheitern. Eventuell ist es geschickter, die beruflichen Ziele neu zu definieren.
- Überqualifikation: Sehr oft handelt es sich hier um einen vorgeschobenen Absagegrund, meist steckt die Angst des Unternehmens dahinter, Sie könnten zu anspruchsvoll sein. Es ist schwierig, in diesem Bereich etwas zu ändern. Wenn Sie sich tatsächlich um Ausbildungen bewerben, für die Sie überqualifiziert erscheinen, müssen Sie in Ihrem Anschreiben gute Gründe für Ihre Bewerbung nennen.

Immer wieder lässt sich feststellen, dass Bewerbern mit Begründungen abgesagt wird, die keinerlei Bezug zur Stellen-

anzeige erkennen lassen. Dies geschieht, weil entweder in den Anzeigen wichtige Informationen gefehlt oder die Bewerbungen dazu geführt haben, dass das Anforderungsprofil nachträglich verändert worden ist, oder im Unternehmen selbst keine klare Vorstellung über den Wunschkandidaten bestanden hat. Genauso kommt es vor, dass der Wunschkandidat mit völlig überzogenen Eigenschaften versehen wird und kein Bewerber diese Kriterien erfüllt. Manchmal bleibt die Stelle dann unbesetzt, manchmal sehen Sie dieselbe Anzeige einige Wochen später wieder in der Zeitung. Lasten Sie sich also eine Absage nicht gleich selbst an, es kann auch an der Firma liegen.
Vielleicht ist es aber auch erforderlich, dass Sie Ihre Ziele überdenken, besonders, wenn Sie immer wieder Absagen erhalten. Fragen Sie sich, ob nicht vielleicht ein anderer Ausbildungsplatz besser zu Ihnen passt oder Sie ganz neue Maßnahmen, zum Beispiel weitere Qualifikationen, ergreifen müssen.

➲ *Jede Absage, bei der Sie die Gründe in Erfahrung bringen können, wird Ihnen helfen, Ihre Bewerbungsstrategien zu verbessern.*

Der Absagegrund

Natürlich hört niemand gerne, dass er für eine bestimmte Ausbildung nicht oder zumindest nicht ausreichend geeignet ist. Nutzen Sie trotzdem eine Absage, um herauszufinden, woran es gelegen hat, dass Sie nicht eingestellt oder zumindest zu einem Gespräch eingeladen worden sind. So haben Sie wenigstens die Chance, Ihre beruflichen Ziele besser zu definieren oder sich fehlende Kenntnisse anzueignen. Besonders wichtig ist es, Hintergründe zu erfragen, wenn Sie

bereits an einem Vorstellungsgespräch oder Auswahlverfahren teilgenommen haben. Hier können Sie unter Umständen hilfreiche Tipps für die Zukunft gewinnen.
Die meisten Absagen beschränken sich darauf, Ihnen mitzuteilen, »dass wir bedauern, Sie nicht in die engere Wahl einbeziehen zu können«. Hieraus können Sie sofort entnehmen, dass Sie bereits in einem relativ frühen Stadium aus dem Rennen geworfen worden sind. Manchmal erfahren Sie auch, dass Ihr schulischer Werdegang nicht den Anforderungen entspricht. Daraus können Sie aber nicht ersehen, in welchen Punkten die Übereinstimmung gefehlt hat. Die Formulierung: »… haben wir uns aus der Fülle der Bewerber für einen anderen Kandidaten entschieden«, ist wohl die häufigste. Leider sagt sie gar nichts aus. Vielfach folgt dann der Trost: »Sehen Sie dies bitte nicht als eine Wertung Ihrer Person oder Ihrer Fähigkeiten.« Nun, eine Wertung der Person ist es ganz sicher nicht, eine Bewertung Ihrer Fähigkeiten aber durchaus. Kaum ein Unternehmen gibt schriftlich detaillierte Auskünfte über die Absagegründe, sei es aus Angst vor den Reaktionen der Bewerber oder um die Auswahlkriterien nicht offen zu legen.
Sie haben nur dann eine Chance auf Informationen, wenn Sie zum Telefon greifen. Wenden Sie sich zuerst an die Person, die das Absageschreiben unterzeichnet hat. Ist der Brief von zwei Personen unterschrieben, dann nehmen Sie zuerst mit derjenigen Kontakt auf, die rechts unterzeichnet hat, denn sie ist meist der Ansprechpartner. Teilen Sie mit, auf welche Stelle Sie sich beworben haben und dass Sie eine Absage erhalten haben. Sagen Sie, dass Sie gerne mehr über die Gründe wissen möchten, und fragen Sie, ob Sie dazu hier an der richtigen Stelle sind. Versuchen Sie dabei, möglichst sachlich zu bleiben, und erwecken Sie nicht den Eindruck, Sie wollten sich beschweren oder über die Absage jammern. Die meisten Unternehmen sind nicht gerade begeistert, wenn Bewerber solche Fragen stellen. Ignorieren Sie diesen Unmut und bleiben Sie selbst immer freundlich. Sehr häufig

werden Sie nur zu hören bekommen, dass es besser geeignete Kandidaten gegeben oder dass sich ein Auswahlgremium gegen Sie entschieden hat. Fragen Sie noch einmal nach, an welchen Kriterien genau Ihre Bewerbung gescheitert ist. Zumindest gelegentlich erhalten Sie dann verwertbare Informationen.
Bedanken Sie sich für die erteilten Informationen, auch dann, wenn Sie nur wenig Brauchbares erfahren haben.

Rückgabe der Unterlagen

Die Bewerbungsunterlagen sind und bleiben Ihr Eigentum, wenn Sie den gewünschten Ausbildungsplatz nicht erhalten haben. Sie haben also das Recht, die Unterlagen im Fall einer Absage zurückzuverlangen, falls Sie Ihnen nicht automatisch wieder zugesandt werden. Ihr Anschreiben verbleibt gewöhnlich bei dem Unternehmen und wird dort abgelegt. Im Falle einer Einstellung werden Ihre Bewerbungsunterlagen zu den Personalakten genommen. Sie erhalten diese erst dann wieder zurück, wenn Sie aus dem Unternehmen ausscheiden.
Am einfachsten ist es, Sie verlangen Ihre Unterlagen in einem Telefonat zurück. Sie können die Bitte um Rückgabe auch sehr gut am Ende eines Gesprächs über die Absagegründe stellen. Beginnen Sie aber niemals mit diesem Anliegen, denn dann erhalten Sie eine Zusage zur Rücksendung und das Gespräch ist beendet.
Erhalten Sie Ihre Mappe nach einem Telefonat nicht innerhalb von etwa 14 Tagen oder der Ihnen zugesagten Zeit zurück, müssen Sie schriftlich nachfassen. Sie können dieses Schreiben an die Person richten, an die Sie auch die Bewerbung geschickt haben, oder an den Mitarbeiter, mit dem Sie telefoniert haben. Es empfiehlt sich jedoch, an den Leiter oder die Leiterin der Personalabteilung zu schreiben, um dem Brief den nötigen Nachdruck zu verleihen. Verweisen

Sie auf die Absage und Ihr Telefonat und fordern Sie das Unternehmen auf, Ihnen Ihre Unterlagen zurückzugeben. Haben Sie das Gefühl, man nimmt Ihr Anliegen nicht ernst oder vertröstet Sie immer wieder, können Sie den Brief auch per Einschreiben schicken. Sollten Sie dann immer noch keine Rücksendung erhalten oder Ihre Unterlagen verloren gegangen sein, bringt es wenig, einen Rechtsstreit anzufangen, denn der Wert der Bewerbungsmappe ist nur gering. Anders verhält es sich allerdings mit Arbeitsproben, gerade im künstlerischen Bereich. Hier kann es durchaus sinnvoll sein, sich anwaltlich beraten zu lassen. Im Normalfall ist es jedoch besser, dieses Unternehmen abzuhaken und die Angelegenheit zu vergessen.

Literatur

Franziska von Au, Der neue Knigge,
W. Ludwig Buchverlag, München, 2001

Klaus Kaden, Gunter Kästner, Berufswahl leicht gemacht,
Wilhelm Heyne Verlag, München, 2000

Thomas R. Schmidt, Die optimale Bewerbung,
Wilhelm Heyne Verlag, München, 2002

Thomas Schmidt, Manfred Faber, Thomas Middelmann,
Angstfrei ins Assessment Center,
redline wirtschaft bei Ueberreuter, Frankfurt/Wien, 2000

Adressen

Online-Stellenbörsen gibt es sehr viele, die meisten haben auch eine spezielle Rubrik für Berufseinsteiger und Ausbildungsplatzsuchende.

www.arbeitsamt.de Hier finden Sie unter dem Kürzel ASIS (Ausbildungs-Stellen-Informations-Service) freie Ausbildungsplätze, die dem Arbeitsamt vorliegen. Unter KURS findet sich eine Datenbank für Aus- und Weiterbildung. In dieser gibt es für verschiedene schulische Ausbildungsberufe auch Informationen und Adressen der Schulen. Hinter der Rubrik BERUFEnet verbirgt sich ein Link zu einer Datenbank für Ausbildungs- und Tätigkeitsbeschreibungen. Wenn Sie also mehr über einen Beruf und die erforderlichen Voraussetzungen für eine Ausbildung wissen wollen, sind Sie hier richtig.

www.arbeit-online.de ermöglicht die Suche nach Ausbildungsplätzen und das Aufgeben von Ausbildungsplatzgesuchen.

www.arbeit-fuer-junge.de hilft jungen Leuten unter 25 bei der Suche nach einer Ausbildung, einem Praktikum oder der schulischen Weiterbildung. Es handelt sich um eine Seite der Bundesregierung, der Bundesanstalt für Arbeit und der Europäischen Gemeinschaft.

www.berufsbildung.de wird vom Forum Berufsbildung betrieben und enthält eine Menge Links zur Ausbildungsplatzsuche im Internet.

www.azubi-online.com enthält eine Auflistung der Berufe von A bis Z und Informationen zur Bewerbung. Zudem gibt es sowohl Ausbildungsplatzangebote als auch die Möglichkeit, eigene Gesuche einzugeben.

www.joblink.de bietet ein Angebot von Ausbildungsplätzen und die Möglichkeit, Gesuche zu veröffentlichen.

www.jobpilot.de und www.jobware.de sind Börsen für Ausbildungsplätze.

www.bibb.de ist die Adresse für das Bundesinstitut für berufliche Bildung. Dort finden Sie unter A.WE.B. vor allem Informationen über Berufsbilder und neue Berufe.

www.machs-richtig.de ist das Berufswahlprogramm der Bundesanstalt für Arbeit mit Informationen über Berufe und einem Berufswahlfahrplan.

www.ihk.de bietet Informationen und Links zu den regionalen Industrie- und Handelskammern.

www.handwerk.de ist das Internet-Portal des Handwerks. Hier gibt es Berufsbilder, Informationen zur Berufsförderung und jede Menge Links.

www.geva-institut.de Hier gibt es einen ausführlichen, allerdings kostenpflichtigen, Test zur Berufswahl.